Rüdiger Schneider

Quesada – Irrfahrt ins Glück

Personen und Handlung sind frei erfunden, Ähnlichkeiten oder gar Übereinstimmungen mit Namen rein zufällig.

Rüdiger Schneider

Quesada – Irrfahrt ins Glück

Erzählung

Bibliografische Information der Deutschen Nationalbibliothek: Die Deutsche Nationalbibliothek verzeichnet diese Publikation in der Deutschen Nationalbibliografie; detaillierte bibliografische Daten sind im Internet über http://dnb.d-nb.de abrufbar.

Verlag: BoD • Books on Demand GmbH, In de Tarpen 42, 22848 Norderstedt
Druck: Libri Plureos GmbH, Friedensallee 273, 22763 Hamburg

ISBN: 978-3-7597-8642-5

1

Zufall oder Fügung? Es kann passieren, dass zwei schicksalhafte Ereignisse des Lebens auf ein und denselben Tag zusammenfallen. Ein schönes Ereignis und ein weniger schönes. So war es bei mir an einem Montagmorgen – es war der 15. Juli 2024 – geschehen. Fangen wir mit dem weniger schönen Ereignis an. Doch zunächst möchte ich mich kurz vorstellen. Ich heiße Henry (eigentlich Heinrich) Haller, bin 65 Jahre, seit drei Monaten verrentet, wohne möbliert in dem schönen Städtchen Andernach am Rhein. Die Wohnung ist nicht besonders groß, 60 Quadratmeter. Das Übliche: Schlaf- und Wohnzimmer, Küche, Diele, Bad. Das Juwel der Wohnung aber ist ein kleiner Balkon, von dem aus ich den Schiffen auf dem Rhein zusehen kann. Das Haus selbst ist ein grauer Betonbau mit fünf Mietparteien. Ich wohne im ersten Stock, und sitze ich auf dem Balkon, muss ich mir die öde Fassade des Kastens nicht ansehen. Wenn Sie, liebe Leserin, lieber Leser, noch wissen möchten, als was ich gearbeitet habe, sage ich es. Ich war 35 Jahre Chemotechniker in einem Koblenzer

Umweltlabor, saß von Montag bis Freitag täglich acht Stunden an einem Chromatographen, analysierte Luft- und Wasserproben. Kohlendioxid und Stickoxide in der Luft, im Wasser z.B. Phenole. Von meiner Arbeit her weiß ich, dass die ganze Klimahysterie Blödsinn ist. Das muss man sich einmal vorstellen: 0,04 Prozent Kohlendioxid in der Luft sollen angeblich verhindern, dass die Abgabe von Infrarotstrahlung, also Wärme, in die Atmosphäre verhindert wird. Das ist ungefähr so, als würde man auf einen Topf einen Deckel setzen, der zu 99,96 Prozent aus einem Loch besteht. Würde solch ein Deckel, wenn Wasser in dem Topf kocht, den aufsteigenden Dampf zurückhalten? Mitnichten! Mit dem Märchen vom Kohlendioxid werden wir an der Nase herumgeführt. Wahrscheinlich geht es wie immer um versteckte Profitinteressen. Das Klima hat sich immer im Laufe von Millionen Jahren geändert. Wäre es nicht so, würden vor meiner Haustür noch Dinosaurier herumlaufen. Meiner Überzeugung nach liegt die Klimaänderung an der nicht konstanten elliptischen Umlaufbahn der Erde um die Sonne. Oder ebenso an der nicht konstant liegenden

Erdachse. Das Kohlendioxid jedenfalls, wie wir aus chemischen Experimenten wissen, ist unschuldig. Allein von der Molekülkonfiguration und der Elektronenstruktur und dem fehlenden Dipolcharakter her kann es kein Treibhausgas sein. Wozu ich dieses chemische Wissen hier anführe? Weil es mein Misstrauen gegenüber Manipulierung und Reglementierung erheblich verstärkt hat. Märchenerzählungen gehören in die Grimmschen KHM, die Kinder- und Hausmärchen der Kasseler Professorenbrüder. Da mag man sich an Rapunzel, am Dornröschen und am Rotkäppchen erfreuen und sich unterhalten lassen. Ich jedenfalls glaube auch nicht an den Weihnachtsmann oder den Osterhasen.

Was sollte man noch zu meiner Person wissen? Ach ja, die Frauen! Die große, beständige Beziehung ist mir nie gelungen. Affären ja. Mit diskussionsfreudigen Emanzen, mit geheimnisvollen Esoterikerinnen. Am liebsten waren mir die frechen, geilen Weiber. Mein Motto, nach dem ich bis jetzt nicht gehandelt habe, war: Ich brauche zum Leben nur einen Rucksack und eine Frau, die mich liebt.

Aber als arbeitender Kleinbürger habe ich das nie umgesetzt. Die Anzahl meiner Affären halte ich für bescheiden. Keineswegs ist es so, wie in einem Roman des Kolumbianers Gabriel García Márquez – ‚Die Liebe in den Zeiten der Cholera'. Da liest der betagte Firmino seine Tagebücher, zählt die Frauen, mit denen er geschlafen hat, und kommt auf 422. Ich komme nur, falls ich nicht teildement bin, auf acht. Was mir für fünfzig Jahre Liebesleben nicht besonders viel erscheint. Ich bin kein George Clooney oder Brad Pitt, dem die Frauen hinterherjagen. Am Morgen nach dem Aufstehen vermeide ich es, in den Spiegel zu schauen, um nicht über ein zerknittertes Gesicht zu erschrecken. Und ich glaube auch nicht an das Wunder, dass mir über Nacht wieder Haare auf dem Kopf gewachsen sind. So viel oder so wenig also zunächst über meine Person. Nun aber zu dem weniger schönen Wendepunkt an jenem 15. Juli 2024.

2

Ich wohne, wie schon erwähnt, in einem betagten Betonkasten, in dem die

Wasserrohre uralt sind. Gesetzlich sind sie auch gar nicht mehr zugelassen. Die Wohnung habe ich möbliert gemietet. Der Besitz einer Immobilie, also von der Wortbedeutung her etwas Unbewegliches, fängt bei mir schon bei einem Tisch, Stuhl oder eigenem Schrank an. Da habe ich lieber Sachen, die man in einen Koffer oder Rucksack packen kann. Möbliert zu mieten war mir sehr recht. Das Unheil bahnte sich schon im Sommer 2023 an. Da beschloss der Eigentümer des Kastens, ein Schokoladenfabrikant aus Wuppertal, den altersschwachen Bau zu verkaufen. Ich vermute, er tat es in geschickter Voraussicht der kommenden Sanierungen. Für mich war es unangenehm, den beauftragten Makler mit Kauf-interessierten durch meine Wohnung wandern zu sehen. Anfang 2024 war es dann so weit. Eine noch junge, mehr oder weniger reiche Blonde aus Wuppertal hatte zugeschlagen. Sie übernahm meinen Mietvertrag. Anfang April dann ein zunächst kleines Malheur. In dem Badewannenrohr der Wohnung über mir war ein Riss entstanden. Etwas Feuchtigkeit rieselte an meiner Schlaf-zimmerwand herunter. Eigentlich ein

Bagatellschaden. Keine Überflutung wie im Ahrtal. Eine feuchte Tapetenbahn habe ich entfernt. Mit dem Schaden konnte ich leben, also mit der feuchten Wandstelle im Schlafzimmer. Nachts ist es sowieso dunkel und ich mache die Augen zu. Über drei Monate geschah nichts. Dann aber tauchten am 6. Juli der ehemalige Besitzer und die Blonde bei mir auf und verkündeten, dass am 15. Juli, einem Montag, ein Trocknungstrupp der Firma WSN kommen würde, um die Wände auszutrocknen. WSN übersetze ich mir mit ‚Wasserschaden-Nutznießer'. Es handelt sich um einen Bonner Konzern mit über 100 Niederlassungen, bevorzugt in vom Hochwasser gefährdeten Gebieten. So viele Niederlassungen sie haben, so viele Rechtsanwälte werden auch beratend zur Seite stehen. Ich protestierte wegen dem kurzfristigen Termin. Wie sollte ich innerhalb einer Woche eine neue Wohnung finden? Denn wenn Trocknungsgeräte aufgestellt werden, machen die wochenlang Tag und Nacht, Lärm, lassen die Temperatur in der Wohnung auf über 40 Grad steigen. Und diese Geräte laufen dann auch zunächst über meinen Stromzähler, so dass ich eine saftige Rechnung zu erwarten hatte. Bei diesem Besuch an einem Sonntag bat ich um eine längere Frist, was die kühle Blonde aber ablehnte. Ich verkündete, den Trocknungstrupp nicht in die Wohnung zu lassen und einen Anwalt zu Rate zu ziehen. Was mir merkwürdig vorkam und mir unangenehm auffiel, beide sind in einem Motorradclub und sind mit der ganzen Gang gekommen. So etwas kennt man von Inkasso-Unternehmen. Es dient der Einschüchterung. Die Jungens saßen in schwarzer Ledermontur unten auf der Treppe. Ich empfand es als Drohkulisse. Die Einzelheiten des Deals zwischen ehemaligem Vermieter und der neu installierten Vermieterin kenne ich nicht, vermute indes, dass ein rechtlich umstrittenes Eigentümer-Besitzer-Verhältnis vorliegen könnte, kurz EBV genannt. Am Abend erhielt ich dann einen Anruf des vorigen Eigentümers: „Henry, ich will dich schützen. Lass es nicht auf einen Rechtsstreit ankommen! Ich hatte so ein Verfahren schon einmal mit einer Mieterin. Sie ist darüber gestorben."

Wie soll ich mir diese Aussage interpretieren? Ist es nicht eine indirekte Todesdrohung, falls ich einen Anwalt hinzuziehe? Heißt doch: So etwas überlebst du nicht. Außerdem erklärte mir der Schokoladenfabrikant, ich sei dann für die gesamte Bausubstanz verantwortlich, was meinen finanziellen Ruin bedeuten würde, da ich die Sanierung des maroden Kastens verhindert hätte und für alle Folgeschäden aufkommen würde.

Natürlich bin ich trotzdem zu einem Anwalt für Mietrecht gegangen. Der hat nur den Kopf geschüttelt. „So eine Maßnahme braucht sechs Wochen Vorlauf und muss schriftlich angekündigt werden. Sie müssen diesen Trocknungstrupp nicht in Ihre Wohnung lassen. Da passiert nichts."

In den folgenden Tagen überlegte ich mir, was mir lieber sei. Die Nerven in Prozessen zu ruinieren oder wie Albert Einstein einmal sagte, in Ruhe vertrotteln dürfen. Ich entschied mich für das Vertrotteln. Irgendwann würden die Trocknungsmänner der WSN ja doch kommen.

3

Montagmorgen, 15. Juli, 8 Uhr. Es klingelt. Der Trocknungstrupp ist da. Ich öffne, biete den Jungs sogar Kaffee an. Dann hole ich meinen Fiat 500 aus der Garage. Gott sei Dank ein Cabrio, wie es sich später als segensreich erweisen wird. Ich fahre nach Maria Laach, um dort in der Basilika am Marienaltar eine Kerze aufzustellen und um himmlischen Beistand zu bitten. Gegen Elf bin ich wieder zurück in Andernach, öffne, bevor ich das Haus betrete, den Postkasten. Ein Brief ist gekommen. Ich werfe einen Blick auf das Kuvert. Eine spanische Briefmarke. Ich wundere mich. Absender ist ein Notar aus Albacete. Mit dem Brief in der Hand eile ich nach oben zu meiner Wohnung, öffne die Tür. Hitze schlägt mir entgegen. Die Handwerker sind weg. Was für ein Chaos! Drei lärmende Trockengeräte. Im Schlafzimmer, im Bad und in der Küche. Die Küche haben sie demontiert. Die Einbauschränke stehen im Wohnzimmer, versperren den Weg zum Balkon. Auch das Bad haben sie auseinandergenommen, die Kacheln weggeschlagen. Um meinen urinalen Drang zu stillen, pisse ich vom

Balkon hinunter auf die Straße. Ich habe keine Waschbecken mehr und die Toilettenschüssel lagert neben meinem Schreibtisch. Ich zwänge mich an der Schüssel vorbei, setze mich, öffne den Brief. Es ist ein Schreiben der ‚Notaria‘ Miguel Navarro aus Albacete. Ich habe ein Haus geerbt in Cazorla, in der spanischen La Mancha. Manchmal ist von ‚Casa‘ die Rede, dann wieder von ‚Propriedad‘, was ich mir fälschlich zunächst mit ‚Eigentum‘ übersetze. Ich bin aus meiner Wohnung vertrieben, besitze aber auf einmal ein Haus. Alles passiert an ein und demselben Tag. Der Notar will wissen, ob ich das Erbe antrete oder nicht. Es ist klar: Ich muss also nach Spanien und mir das Haus erst einmal ansehen. Könnte ja sein, dass es sich um eine Bruchbude handelt, deren Renovierung viel kosten wird. Dann müsste ich das Erbe ablehnen. Das Traurige an der Geschichte ist: Tante Tiene ist tot.

Tante Tiene, Christine Haller, war die um zehn Jahre jüngere Schwester meines Vaters und das schwarze Schaf der Familie. Missfallen haben meinem frommen Clan allein schon die Tätowierungen, am linken Oberarm einen

Skorpion, am rechten einen Schmetterling. Tante Tiene machte auch keinen Hehl daraus, dass sie gerne Gin trank und ungern alleine im Bett lag. Mit 36 Jahren hatte sie bei einem Spanienurlaub einen reichen Mann kennengelernt, einen eingebürgerten Algerier. Sie hatte ihren Beruf an den Nagel gehängt, Grundschullehrerin in Berlin, war ausgewandert, hatte geheiratet. Zunächst hatten die Beiden in Denia bei Alicante gewohnt, wo ich sie einige Male besucht hatte. Ich war nach Alicante geflogen, wo mich Tante Tiene mit ihrem Jeep abholte. Zwei Wochen lang bekam ich dann ihren Lebensstil mit. Sie arbeitete nicht, schlief lange, rauchte wie ein Schlot, vergriff sich schon nach dem Aufstehen am Gin, trank morgens aber wie die englische Königinmutter nur ein Glas. Das wurde erst am Abend mehr. Sie hatte immer einen frechen Spruch auf den Lippen, entschuldigte zum Beispiel den Zigarettenkonsum mit: „Geräuchert hält länger." Fragte man sie: „Wie geht es dir?" sagte sie „Am liebsten gut." Während die Vitamin- und Salatbewussten aus meiner Familie schon lange gestorben waren, hatte sie den Löffel erst mit 88 abgegeben. Sie war einfach, wie man mir später erzählte, friedlich im Bett eingeschlafen. Zwanzig Jahre war es her, dass ich sie das letzte Mal in Denia besucht hatte. Dann waren sie, Tiene und Abdul in das entlegene Cazorla gezogen, in die La Mancha, in die Landschaft des Don Quijote. Wir waren aber per Email in Kontakt geblieben. Ich bin ihr Lieblingsneffe gewesen. Sie hatte allerdings auch nur einen. Auch mit ihrem Mann, den ich Onkel Abdul nannte, habe ich mich gut verstanden. Vor drei Jahren war er gestorben. Jetzt war sie ihm nachgefolgt. Kinder hatten sie keine.

Der Brief des Notars war auf Spanisch. Da ich selber schon mit dem Gedanken gespielt hatte, nach Spanien aus-zuwandern, hatte ich die letzten fünf Jahre Spanischkurse in der VHS besucht und beherrschte die Sprache schon recht gut.

Zufall oder Fügung? Zwei Ereignisse, zwei Wendepunkte, an einem Tag. Koinzidenz. Ich nannte es ‚magischen Realismus', sagte: „Danke, lieber Gott! Danke, Maria!" Und natürlich „Danke, Tante Tiene!"

4

Ich packte einen kleinen Koffer mit den wichtigsten persönlichen Sachen, ein paar Dokumente, ein paar Bücher, ein paar Textilien. Reisepass und Kreditkarte hatte ich in der Jackentasche. Was braucht man wirklich!? Eben genau das. Eine gewisse Besitzlosigkeit ist befreiend, tut gut. Ach ja, der Laptop kam auch mit. Man kann im digitalen Zeitalter ja kaum noch ohne leben. Den Wohnungsschlüssel gab ich bei einer Nachbarin ab, damit die Jungens mir weiter die Bude zerlegen konnten. Sollten sie. Ich hatte ja jetzt, wenn es gut lief und mir die Tante keine Bruchbude vererbt hatte, ein eigenes Haus. Ich schob mein minimales Gepäck in den Kofferraum, machte, da ausnahmsweise nach vielen Regentagen die Sonne schien, das Verdeck auf, fuhr los. Schaltete auf den ersten Metern auch das Radio ein. Da spielten sie gerade ‚Small town boy' von ‚Bronski Beat.' Mit dem wiederkehrenden Refrain: „Fahr weg, dreh dich ab! Du hast hier nie geweint. Nur in deiner Seele."

Meine erste Station war Vézelay in Burgund. Über ‚booking.com' hatte ich dort ein Hotel gebucht. Aber wie staunte ich, als ich am Abend davorstand und niemand war da. Zum Glück hatte ich auch eine Flasche Rotwein dabei, parkte den Wagen neben der Basilika Maria Magdalena, trank den Wein aus der Flasche, rauchte ein paar Zigaretten, sah durch das offene Verdeck die Sterne am Himmel. Etwas später schloss ich das Dach, schob den Sitz nach hinten, klappte die Rücklehne um und schlief in dem kleinen Wagen recht gut. Die Nähe der Kirche hatte etwas Beruhigendes.

Mit der ersten Morgendämmerung fuhr ich weiter Richtung Lyon. Ich hatte mir die Strecke bei Google-Maps angesehen, wollte an der Mittelmeerseite an den Pyrenäen vorbei nach Barcelona und Valencia. Zugleich benutzte ich auch eine Navi-App. ‚BestWays' heißt das Programm. Man kann sich an einer schönen Frauenstimme erfreuen. „Nimm im Kreisverkehr die zweite Ausfahrt" usw. Es kann jedoch passieren, dass sie bei der Einfahrt in den Kreisel sagt: „Nimm die dritte Ausfahrt." So ganz zuverlässig ist das Programm nicht. Manchmal will es einen in die Pampas schicken oder schlägt vor, dass man auf der Autobahn links abbiegt, was zum Crash mit der Leitplanke führen würde. Dann aber hörte ich im Radio von den zahlreichen Staus Richtung Barcelona, entschied mich um. Lieber auf einer weniger befahrenen Strecke mitten durch die Pyrenäen über den Somport-Pass, der zugleich auch ein Jakobsweg ist. Spät am Abend landete ich noch vor dem Pass in Oloron de Saint Marie, fand dort auch ein Hotel, dessen Zimmer nach Ländernamen benannt waren. Ich entschied mich für ‚Mexiko'. Mein Groll gegen WSN und die beiden Vermieter, den vorigen und die Neue, war verflogen. Ich ließ auch den Gedanken fallen, den WDR oder den SWR zu einer Reportage über solche Rücksichtslosigkeiten und Praktiken zu ermuntern. Ich war gewiss nicht der Einzige, mit dem man so verfahren hatte. Der Konzern wird vorrangig auf Profit aus sein und den Leuten alles Mögliche wegen der Gefährdung der Bausubstanz erzählen. Wenn die nämlich Wände aufhacken und elektronische Fühlfinger hineinstecken und von Feuchtigkeit reden, wird das niemand überprüfen und widerlegen können. Das Einzige, was ich noch machen werde: den Dauerauftrag für die Miete stornieren. Die Bude ist nämlich unbewohnbar. Der Zugang zum Balkon ist durch Küchenschränke verrammelt, Bad und Küche nicht zu nutzen. Und dann die Toilettenschüssel neben dem Schreibtisch! Eine Entweihung! Von dem Lärm und der Hitze der Trocknungsgebläse will ich erst gar nicht reden. Weiter werde ich meinen Rechtsanwalt veranlassen, eine fristlose Kündigung zu schicken. Mit der kühlen Blonden will ich nichts mehr zu tun haben. Und über einem Prozess sterben, wie der Schokoladenfabrikant verkündet hat, will ich auch nicht. Ich habe ein Haus in Spanien in Aussicht und werde auswandern. Eine der letzten Emails von Tante Tiene fiel mir ein: „Nee, mein Junge, nach Deutschland komme ich nicht mehr. Die eilen ja von Krise zu Krise, von Verbot zu Verbot, von Regulierung zu Regulierung. Wer Nachrichten guckt oder hört, wird krank. Die Autobahn lässt sich nur noch benutzen, wenn man eine Windel anhat und sich bei Stau im eigenen Auto erleichtern kann. Und will man bei euch einen Zug bekommen, sollte man sich einen Tag vorher zum Bahnhof begeben. Es kommt noch so weit, dass man bei einem Waldspaziergang einen Helm tragen muss. Es könnte ja ein Ast herunterfallen. Mit Germany geht es mehr und mehr bergab. Die Zahl der psychisch Erkrankten ist sprunghaft gestiegen. Wer besucht schon freiwillig eine Psychiatrie? Von der nuklearen Bedrohung, die wie das Schwert des Damokles über euch schwebt, will ich erst gar nicht reden. Ihr schickt Waffen in Kriegsgebiete, erhebt überall euren moralischen Zeigefinger und neuerdings bauen eure Werften keine Kreuzfahrtschiffe mehr, sondern U-Boote. Fliegen will ich nicht, Autofahren kann ich mit meinen 87 Jahren nicht mehr. Komm du lieber nach Spanien."

Die Tante mit ihrem immer noch frechen Mundwerk neigte zu Übertreibungen, aber so ganz Unrecht schien sie mir nicht zu haben. Jetzt hatte sie mich mit ihrem Testament auf den Weg gebracht.

5

Dass mein Verhältnis zu Tante Tiene so gut war, hat auch etwas Pikantes. Es war vor fünfzig Jahren auf der Geburtstagsfeier meines Vaters. Er hatte zu einem Abend in die Kölner ‚Bürgermühle' eingeladen, wo auch getanzt wurde. Tiene war damals 35, ich 15. Sie hatte die Figur eines Mannequins, war wirklich eine Schönheit. Als der Mambo Nr. 5 kam, nicht die neue Version von Lou Bega, sondern die 1949 entstandene Tanzmusik eines Kubaners, wurde ich zappelig. Ich erinnere mich auch noch an den Namen des Musikers. Perez Prado. Der sang nur „Uh, Uh, Si, Si" und „one, two, three." Später, Ende des 20. Jahrhunderts, verfeinerte Bega den Song. „A little bit of Mambo. I like Angela, Pamela, Sandra and Rita." Bei dem schwungvollen Rhythmus des Kubaners konnte ich nicht an mich halten, habe Tiene zum Tanz aufgefordert und sie unter den misstrauischen Blicken der Mutter herumgewirbelt. Später schlief Tiene im Gästezimmer. Ich habe mich zu ihr geschlichen, bin unter die Decke geschlüpft. Sie schlief nackt. „Was willst du denn hier, Junge?" fragte sie erstaunt, aber keineswegs schockiert. „Ich möchte wissen, wie sich eine Frau anfühlt", antwortete ich. „Junge, das gibt einen Skandal, wenn uns jemand erwischt. Ich bin deine Tante." Ich begann ihre Brüste zu befühlen. „Das darfst du", sagte sie. „Aber mehr nicht. Und dann verschwinde schleunigst." Ich hatte ein fürchterlich steifes Rohr. Tiene bemerkte das und sagte: „Junge, ich glaube, ich muss dir die Not abnehmen. Komm rein und dann mach dich vom Acker!"

Dieses Erlebnis, meine Entjungferung, vergesse ich nie. Ich verliebte mich in die Tante und das mag auch daran schuld sein, dass mir danach keine länger dauernde Beziehung gelang. Von den gleichaltrigen Mädchen damals wollte ich sowieso nichts wissen. Sie waren zimperlich wie Kommunionskinder. Nur Händchen halten war mir nach dem Erlebnis mit einer schönen, reifen Frau zu wenig. Und zarte Küsse auf eine errötende Wange hauchen auch.

Beim gemeinsamen Frühstück am Morgen beobachtete uns die Mutter und ich hatte das Gefühl, dass sie etwas witterte. Manchmal lächelten wir uns zu, Tiene und ich. Und einmal, als irgendein Vorbehalt gegen sie kam, habe ich sie verteidigt, gesagt: „Lasst sie doch. Sie lebt eben auf ihre Weise. Sie ist keine Betschwester."

Einen Monat später steckte ich mein Sparschwein unter die Bettdecke, schlug mit dem Hammer drauf, dass die Sau zersprang, und hatte genug Geld für ein Zugticket nach Berlin. Ich war ein recht guter Schüler, und es hatte gerade Zeugnisse gegeben. Für jede Eins hatte mir der Vater zwanzig Mark ins Schwein gesteckt, für jede Zwei zehn. „Mein Sohn", sagte er, „dann kannst du dir bald das gewünschte Fahrrad kaufen." Ich hatte eine Eins in Deutsch, Sport, Religion und Chemie. Nur in Mathematik kam ich über ein ‚ausreichend' nicht hinaus. Die Welt der Zahlen ödete mich an. Ich bewunderte die Yanomami-Indianer im Regenwald des Amazonas, von denen ich einmal gelesen hatte. Die zählten nur bis Zwei. Was darüber hinaus ging, war ‚viel' oder wie bei den Blättern eines Baumes ‚viel, viel'. Die geheimnisvolle Differentialrechnung war mir erst recht verschlossen. Bei den Klassenarbeiten rettete ich mich durch Abschreiben und weitergereichte Spick-zettel, während ich an der Tafel ein Versager war. Tienes Adresse kannte ich von einem Briefumschlag, den mein Vater in einer nicht verschlossenen Schreibtisch-schublade verwahrte. In dem Brief hatte sie sich für die Einladung bedankt und ihr Kommen zugesichert.

Ich war wie eine junge Biene, der zum ersten Mal der Blütenanflug gelungen war. Ich bekam die Schwester meines Vaters nicht mehr aus dem Kopf. Beim Frühstück sagte ich zur Mutter: „Ich komme heute nach der Schule nicht nach Hause. Bitte lass mich bei Helmut bleiben. Wir wollen am Nachmittag für die Mathearbeit lernen und am Abend einen Film gucken. Bitte erlaube, dass ich dort schlafe."

„Meinetwegen", sagte die Mutter nach einem ersten Zögern. „Aber Morgen nach der Schule bist du wieder hier."

6

Ich weihte Helmut in meinen Plan ein, um mein Alibi sicher zu machen, falls die Mutter anrufen würde, erzählte ihm, dass ich eine junge, süße Freundin in Berlin hätte. Dass ich mit der Schwester meines Vaters schlafen wollte, verriet ich natürlich nicht. Meine Geschichte brachte mir seine Bewunderung ein. „Boh", meinte er. „Ich möchte auch gerne mal so richtig ran."

Nach der Schule, ich konnte das letzte Klingeln kaum erwarten, bin ich mit dem IC von Köln nach Berlin gefahren. Das

Geld reichte sogar noch für ein Taxi, wäre aber für die Rückfahrt zu knapp. Am späten Nachmittag klingelte ich bei Christine Haller, war hoch erfreut, als der Türsummer brummte, und stieg erwartungsvoll die Treppe hoch in den zweiten Stock. Sie stand dort im Türrahmen, sah mir erstaunt entgegen.

„Junge, was machst du denn hier!?"

„Ich wollte dich besuchen, Tante."

Sie verdrehte die Augen. „Komm rein, aber benimm dich. Ich habe Besuch."

Sie führte mich in die Küche, wo mich eine große Enttäuschung erwartete. Ein schätzungsweise 25jähriger Bursche mit pechschwarzem Haar saß da am Tisch. „Das ist Arim", sagte die Tante zu mir. „Er kommt aus Marokko." Und zu diesem Arim gewandt erklärte sie: „Das ist Henry, mein Neffe." Sie drehte ihren Kopf, sah mich an, zwinkerte mit dem linken Auge, wandte sich wieder dem Marokkaner zu und sagte: „Henry macht gerade eine Klassenfahrt nach Potsdam. Da wollte er bei dieser Gelegenheit einmal seine Tante besuchen. Arim, sei doch bitte so lieb und hole nebenan beim Bäcker etwas Kuchen. Dann können wir gemeinsam Kaffee trinken. Danach muss der Junge wieder in die Jugendherberge." Der Marokkaner zögerte etwas, dachte wohl: „Warum geht das Weib nicht selber?" Dann aber nickte er, stand auf, ließ sich von der Tante noch einen Zehnmarkschein geben, den sie aus ihrem Portemonnaie nahm, das in einer Küchenschublade lag, und ging.

Kaum war er weg, sagte die Tante mit einem nachsichtigen Lächeln: „Junge, ich weiß, was du willst. Aber das war ein einmaliges Erlebnis. Wenn Arim etwas wittert, jagt er entweder dir oder mir ein Messer in den Bauch. Er ist sehr heißblütig und eifersüchtig. Henry, wissen deine Eltern überhaupt, wo du bist?"

Ich schüttelte den Kopf. „Nein, ich habe gesagt, ich würde die Nacht bei einem Freund verbringen. Ich glaube, ich habe mich in dich verliebt."

Tiene lächelte wieder, strich mir mit der Hand über das Haar. „Junge, such dir etwas Gleichaltriges. Nimm den Abendzug und fahr zurück. Und gleich beim Kaffee hältst du bitte die Füße still. Hast du überhaupt Geld für die Rückfahrt?"

„Ich glaub, ich brauch noch einen Zwanziger. Ich kann aber auch schwarzfahren, verstecke mich auf der Toilette."

„Du spinnst." Sie holte aus der Küchenschublade wieder ihr Portemonnaie, steckte mir einen Fünfziger zu. „Nach dem Kaffee Abfahrt, mein Junge! Und denk dran, du bist auf einer Klassenfahrt nach Potsdam und musst zurück in die Herberge."

So kam es, dass mein Ausflug nach Berlin gescheitert war. Gegen Mitternacht tanzte ich wieder zu Hause in Köln an, öffnete leise die Haustür – ich hatte natürlich einen Schlüssel – und schlich mich ins Bett, wo ich erst einmal die Scherben der gesprengten Sau beseitigen musste. Mit dem Gedanken an Tante Tiene schlief ich ein, träumte aber davon, dass Arim mit dem Messer hinter mir her war. Am Morgen wunderte sich die Mutter, dass ich schon am Frühstückstisch saß. „Du hast nicht bei Helmut geschlafen?" fragte sie. „Nein, nach dem Film, den wir noch gesehen haben, habe ich gemerkt, dass ich mein Englischbuch vergessen hatte. Der Lehrer reagiert auf so etwas sauer. Das gibt Minuspunkte."

„Brav, Junge. Was habt ihr denn für einen Film gesehen?"

„Irgendwas mit Gregory Peck und Sophia Loren. Den Titel hab' ich schon wieder vergessen."

7

Noch am selben Tag beging ich einen folgenschweren Fehler. In meinem glühenden und zugleich enttäuschten Verlangen schrieb ich Tante Tiene einen Brief, erklärte ihr meine Liebe und machte ihr einen Heiratsantrag. Das Volljährigkeitsalter war gerade von 21 auf 18 herabgesetzt worden. Ich bat sie in dem Brief, noch drei Jahre zu warten, und wenn sie dann des Marokkaners überdrüssig geworden sei, würde ich mit ihr zum Standesamt gehen. Irgendeine Arbeit würde ich schon finden, um selbst für meinen Unterhalt zu sorgen und ihr finanziell nicht zur Last zu fallen. Mit einer Ausrede, für die mal wieder mein Freund Helmut herhalten musste, verließ ich am Nachmittag das elterliche Haus und brachte den Brief auf die Post. Eine Woche später kam die Antwort, lag ein Brief von Tiene in unserem Kasten. Unglücklicherweise war die Mutter an diesem Tag schon um Zwölf aus der Schule gekommen – sie war Gymnasiallehrerin -, während ich erst um Zwei eintrudelte. Sie hatte den Brief aus dem Kasten genommen, war anscheinend verwundert über die Absenderin, hat den Umschlag geöffnet und das Schreiben gelesen. Mir gegenüber behauptete sie, das sei ein Versehen gewesen, was ich ihr aber nicht glaube. Auf dem Kuvert stand deutlich genug ‚An Heinrich Haller‘.

Als ich nach Hause kam, bemerkte ich sofort, dass Unheil in der Luft lag. Die Mutter war in der Küche, blickte mich eine Weile voller Vorwurf an, schüttelte dann den Kopf, sagte: „Henry, das darf nicht wahr sein. Du willst Tante Tiene, die Schwester deines Vaters, heiraten? Bist du verrückt, Junge? Was läuft da? Ich habe euch schon beim Tanzen beobachtet. Das war zu eng und frivol. Und beim Frühstück habt ihr euch vertrauliche Blicke zugeworfen. Habt ihr etwa in der Nacht..." Sie stockte, um einen unpassenden Ausdruck zu vermeiden und fuhr dann fort: „...habt ihr etwa etwas angestellt? Du weißt, was ich meine."

Ich muss im Gesicht rot geworden sein wie eine reife Tomate, schüttelte den Kopf und sagte: „Ich habe nur versucht, die Tante zu küssen." Und um Tiene zu schützen, ergänzte ich: „Sie hat mir aber eine Ohrfeige gegeben."

„Und dann machst du ihr jetzt einen Heiratsantrag!? Bist du von Sinnen? Was ist bloß in dich gefahren?"

Sie hatte den Brief in der Hand, fuchtelte damit durch die Luft, reichte ihn mir. „Da! Lies und schlag dir diesen Blödsinn aus dem Kopf!"

Ich zog das Blatt aus dem Umschlag, las: „Jungchen, das geht nicht. Das war ein einmaliges Ereignis. Wir können nicht heiraten. Ich könnte deine Mutter sein. Wenn ich 50 bin, also fast schon eine Oma, bist du erst 30 und würdest mich für eine Jüngere verlassen. Schreibe bitte keine Briefe mehr. Arim ist sehr eifersüchtig. Das ist gefährlich. Deine Tante Tiene."

Als ich den Brief gelesen hatte, stand die Mutter immer noch wie ein drohendes Gericht vor mir, hatte aber wieder etwas die Fassung zurückgewonnen. „So, jetzt weißt du Bescheid", sagte sie. „Aus diesem Irrsinn wird nichts. Außerdem bist du noch nicht volljährig. Wie kann man nur auf solch eine Schnapsidee kommen!?" Und etwas versöhnlicher gestimmt, da sie mein zerknirschtes Gesicht sah, meinte sie: „Ich werde dem Vater nichts davon erzählen. Das gäbe einen Skandal. Zerreiß den Brief, wirf die Schnipsel in die Toilette, damit ihm das nicht durch Zufall in die Hände fällt. Konzentriere dich auf die Schule und danach auf dein Studium und mache nie wieder so einen Blödsinn! Suche dir eine anständige Frau! Aber die Schwester deines Vaters… Du musst von Sinnen gewesen sein. Ich mache mir Sorgen."

Damit ließ sie mich in der Küche stehen und verschwand in ihrem Arbeitszimmer. Ich aber zerriss das Blatt nicht, faltete es, schob es wieder in das Kuvert, das noch auf dem Küchentisch lag, und legte den Brief in mein Englischbuch, wo der Vater ihn nicht finden würde.

8

An dieses, nun 50 Jahr zurückliegende Abenteuer dachte ich, als ich am frühen Morgen von Oloron de Saint Marie losfuhr, dem Somport-Pass entgegen, der von dem Ort etwa fünfzig Kilometer entfernt liegt. Durch eine urwüchsige, wilde Landschaft, in der unten in der Schlucht die Aspe rauscht, geht es auf die Höhe. Mein Cinquecento liegt gut in den Serpentinen, die ich mit Schwung durchfahre. Durch einen kilometerlangen Tunnel erreiche ich schließlich die spanische Seite, rausche auf freien Straßen Zaragossa entgegen. Ich bin froh dem nervenden französischen Mautsystem, der Peage, entkommen zu sein. Es ist lästig, wenn man an diesen Automaten steht und Mühe hat, ein neues Ticket zu ziehen oder die bereits zurückgelegte Strecke bezahlen muss. Manchmal funktioniert das nicht so richtig, und dann fängt hinter einem das ungeduldige Gehupe an. Auch gefiel es mir nicht, dass man in den französischen Hotels zum Öffnen der Türen Zahlen tippen muss. Der alte, nostalgische Schlüssel ist mir lieber, vertrauter als dieses sich für fortschrittlich haltende System.

Nach über 800 Kilometern erreiche ich am Abend Albacete, finde Unterkunft in dem freundlichen Hotel ‚Europa‘, sitze in der Dunkelheit mit einer Flasche Rotwein auf dem kleinen Balkon des Zimmers, beobachte das muntere Treiben auf der Straße. Spanien wird erst abends munter.

Da sitzen die Deutschen schon wieder zu Hause, falls sie überhaupt draußen waren, und schauen sich in der Tagesschau die Katastrophen der Welt an.

Den Notar, Miguel Navarro, will ich erst besuchen, wenn ich mir mein Erbstück in Cazorla angesehen habe. Aber wie ich Tiene kenne, wird das ein gutes Haus sein. Onkel Abdul, der in Marbella als Immobilienmakler gearbeitet hat, war ein reicher Mann. Ich glaube nicht, dass Tante Tiene ihn des Geldes wegen geheiratet hat. Die Beiden hatten sich in einer Bar in Marbella kennengelernt und Tiene hatte mir einmal gestanden: „Es war Liebe auf den ersten Schluck." Ich habe bei meinen Besuchen, als sie noch in Denia wohnten, nie den Versuch einer Verführung unternommen. Dazu mochte ich Onkel Abdul zu gerne. Er war freundlich, herzlich. Fast jeden Tag spielten wir zusammen Schach oder er ließ mich hinten auf seiner Harley sitzen und zeigte mir die Umgebung. Anders als die Tante trank er selten Alkohol und war trotzdem fröhlich. Wäre die Tante alleine gewesen, hätte ich natürlich Verführungskünste versucht. Auch in ihrem sogenannten Oma-Alter war sie noch recht hübsch und attraktiv.

Aber wegen Onkel Abdul ging das eben nicht. Und auch Tiene hätte sich nicht darauf eingelassen. Allerdings schickte sie mir auch Emails, die ich nur errötend wiedergeben kann. So schrieb sie zum Beispiel einmal: „Fickst du auch jeden Tag, mein Junge? Das tut gut. Ich jedenfalls denke gerne daran, wie du mich damals überschwemmt hast."

Am nächsten Morgen kurvte ich durch die La Mancha dem Bergdorf Cazorla entgegen, war völlig auf die Navi-App angewiesen. Durch eine wunderschöne Landschaft mit Wein- und Olivenhängen ging es serpentinenreich dem Ort entgegen. Dachte ich. Ich gehorchte den Anweisungen des Navi. Irgendwann ging es bergauf. Ich passierte das Ortsschild Quesada. Da musst du durch, glaubte ich. Dahinter kommt gewiss Cazorla. Aber dann wurden die Gassen immer enger. Schließlich steckte ich fest in der Calle del Arte Flamenco. Es schrammte leicht an beiden Seiten. „Verdammter Mist!" dachte ich. „Da kommst du im Rückwärtsgang ohne mächtige Schrammen und Beulen nicht mehr heraus." Ich verfluchte die Navi-App. Best-Ways. Von wegen. In der ersten Wut und Verzweiflung wollte ich das Smartphone aus dem Wagen werfen. Schluss mit dem Vertrauen in diese scheißdigitale Welt. Nur noch analog mit Karte fahren. Wie nach dem altbewährten Pfadfindersystem. Da steckte ich jetzt also fest, kam nicht weiter und scheute den Rückwärtsgang. So streng wie an einer Linie gezogen, konnte ich nicht lenken und zugleich Gas geben. Ich traute mir das einfach nicht zu und fürchtete um meinen geliebten Cinquecento. Die Türen zu beiden Seiten ließen sich keinen Zentimeter öffnen. Aber es war ein sonniger, heißer Tag und das Verdeck des Cabrio war offen.

9

Durch das Dach vorne oder hinten raus, überlegte ich. Hinten, am Kofferraum, war der Fiat flach. Vorne war die Motorhaube, die ich hätte besteigen müssen. Von der Armaturenverkleidung aus. Ich entschied mich für den hinteren Weg, hangelte mich auf den Rücksitz und von da mit umständlichen Verrenkungen - ich bin kein Zirkusakrobat und auch schon in einem gewissen Alter, wo die Gelenke steif werden – die Kofferraumhaube entlang auf das Pflaster der Gasse. Eine Weile blieb ich so stehen, betrachtete meinen gefangenen Cinquecento. Dann drehte ich mich um. Da stand, nur ein paar Meter entfernt, eine Frau in einem blauen, mit Farben bekleckerten Overall vor der Haustür, hielt sich die Hand vor den Mund. Aber das unterdrückte Lachen war trotzdem zu erkennen. Ich ging die paar Meter zu ihr, es war das Haus mit der Nummer Sieben, schob mir die Sonnenbrille auf die Stirn, hob die Schultern und sagte, was sie ja selbst schon erkannt hatte: „Estoy atrapado!" – Ich bin gefangen. Bei meinem ersten Schrecken über mein Dilemma bemerkte ich zunächst gar nicht, wie hübsch sie war. Schlanke, feminine Figur, dunkelblonde Haare, die nach hinten zu einem Zopf gebunden waren, rehbraune, lächelnde Augen. Recht sinnliche, volle Lippen. Sie mochte zwischen 50 und 60 Jahre alt sein. Das war schwer abzuschätzen. Sie hatte jetzt die Hand vom Mund weggenommen, sah mir prüfend in die Augen, streckte mir ihre Hand entgegen, sagte: „Soy Victoria." – Ich bin Victoria. „Como puedo ayudar?" – Wie kann ich helfen?

Ich drückte ihre Hand, die wie der Overall voller Farbkleckse war, stellte mich ebenfalls vor. „Henry, Alemania."

„Komm doch erst einmal herein", meinte sie. „Einen Kaffee oder einen Wodka? Dann überlegen wir, wie du den Wagen wieder frei bekommst."

Ich nickte, folgte ihr ins Haus, landete in einem Wohnzimmer, das zugleich auch Atelier war. Das war leicht an der Staffelei und dem Tisch daneben mit seinen Farbtuben, Pinseln und Paletten zu erkennen. Das Bild auf der Staffelei war offensichtlich fertig. Es zeigte in bunten, ausdrucksvollen Farben eine Frau mit einem Kegelhut. Die Art der Darstellung erinnerte mich an Gauguin und zugleich an Picasso. Es schien naiv und zugleich doch nicht. Das Bild hatte auf jeden Fall seine eigene, starke Ausdrucksweise. Ungewöhnlich waren die weißen Linien, die das Gemälde in Quadrate unterteilten. Victoria bemerkte meinen fragenden Blick, sagte: „Das ist ein Entwurf für ein Wandmosaik aus Azulejos. Es heißt ,La mujer de Quesada' (die Frau von Quesada). Ich habe das Bild nur kopiert, um es auf Kacheln zu übertragen und zu brennen. Das Motiv ist von einem berühmten Maler aus Quesada, Rafael Zabaleta. Er war mit Picasso befreundet. Siehst du da in der Ecke den Ofen? Dort brenne ich aus Ton die Kacheln, überziehe sie mit flüssiger Glasur, brenne noch einmal. Danach trage ich mit Pigmenten das Motiv auf. Es erfolgt das dritte Brennen. Dann sind die Azulejos im Prinzip fertig und können irgendwo die Hauswände schmücken."

Sie begab sich in eine angrenzende Küchenecke, bereitete Kaffee, kam dann mit einem Tablett, auf dem auch eine Flasche Wodka stand. Sie zündete sich eine Zigarette an und begann zu rauchen, trank selbst aber nicht.

„Was machst du hier in Quesada?" wollte sie wissen.

„Eigentlich wollte ich nach Cazorla. Ich habe dort ein Haus geerbt und wollte es mir ansehen, bevor ich dem Notar in Albacete Bescheid gebe, ob ich das Erbe antrete oder nicht. Könnte ja sein, dass das Haus sanierungsbedürftig ist. Ist allerdings weniger wahrscheinlich, da meine Tante, die es mir hinterlassen hat, einen sehr reichen Mann hatte."

„Angenommen, das Haus ist okay, bleibst du dann in Spanien?"

„Auf jeden Fall", antwortete ich und erzählte, wie man mir die deutsche Bude zerlegt und unbewohnbar gemacht hatte. „Aber jetzt muss ich mich erst einmal um den Wagen kümmern. Der kann ja da nicht stehen bleiben."

„Kein Problem", meinte Victoria. „Ich rufe zwei Freunde an. Die schieben den vorsichtig zurück."

10

Den Wodka schüttete ich in einem Zug runter. „Noch einen?" fragte Victoria und lächelte. Ich schüttelte den Kopf. „Nein, der war zur Bewältigung des Schreckens. Jetzt kommt der Kaffee dran."

Schreckensbewältigung? dachte ich. Vielleicht ist das ja gar kein Schrecken. Vielleicht hat diese geisteskranke App irrtümlich das Umgekehrte gemacht. Säße ich sonst hier in Spanien einer Künstlerin gegenüber, die Azulejos fertigt? Sie ist freundlich, schön, hilfsbereit. Das Märchen von der ‚Goldenen Gans' fiel mir ein. Da sagt die Königstochter: „Ich nehme nur den zum Mann, der mich zum Lachen bringt." Das hatte ich durch mein

Ungeschick unfreiwillig bewirkt. Danke, liebe App! Durch deinen Fehler hast du dir vielleicht den Namen ‚BestWays' tatsächlich verdient.

In diesem Moment trottete aus dem Patio, dessen Tür offenstand und den Blick freiließ auf ein mit Wein und Glyzinien beranktes Mauerwerk, ein schwarzer Hirtenhund in das Atelier, kam zu mir, beschnupperte mich. „Hab' keine Angst!" sagte Victoria. „Das ist Bonito. Der tut nichts." Der Hund legte sich jetzt mir zu Füßen flach auf den Boden, streckte die Vorderläufe aus, hob den Kopf und beäugte mich. „Das hat er so noch nie gemacht", meinte Victoria. „Habe ich Besuch, kommt er herein, guckt nach, wer das ist, und verschwindet wieder im Patio."

Statt in Besinnlichkeit zu versinken, wandte ich mich wieder dem aktuellen Problem zu, fragte Victoria: „Müssen wir uns nicht rasch um den Wagen kümmern? Der versperrt ja die Gasse."

„Ach was!" meinte sie. „Da gibt es auch außen rum eine kleine Gasse. Du stehst ja nur zwischen zwei Fassaden und nicht vor einer Haustür. Aber wenn es dich beruhigt, rufe ich jetzt Manolo an. Der arbeitet für mich, hilft mir bei meinem Olivenhain, der täglich bewässert werden muss."

„Du hast noch einen Olivenhain?"

„Ja, von der Kunst allein kann ich kaum leben."

Bonito hatte sich jetzt erhoben, trabte zu der Malerin, legte den Kopf schräg, fing an zu knurren. Victoria sah auf ihre Armbanduhr, sagte: „Entschuldigung, Bonito, es ist ja wieder so weit." Und zu mir gewandt erklärte sie: „Um diese Zeit bekommt er immer sein Leckerli." Sie stand auf, ging zur Küchenzeile, kam mit einem Tellerchen zurück und einer Flasche mit einer braunen Flüssigkeit. Sie nahm die Wodkaflasche, die noch vor mir stand, setzte das Tellerchen auf den Boden, goss etwas von dem Wodka darauf, öffnete die andere Flasche, sagte: „Das ist Karamelllikör. Davon bekommt er auch ein Schlückchen. Das ist alles nur eine geringe Menge, aber Bonito mag es. Fehlt ihm das, wird er unruhig."

Der Boden des Tellerchens war jetzt mit einem Schuss Wodka und einer Zugabe Karamelllikör bedeckt. Bonito trabte dorthin, schlabberte das Gemisch rasch weg und verschwand wieder im Patio, wo er wohl seine Ruhe-Ecke hatte. Ich staunte. Einen Hund als Alkoholiker hatte ich noch nie gesehen. Die Malerin griff jetzt zu ihrem Handy, fuhr mit dem Zeigefinger über das Display, tippte. Kurz darauf sagte sie: „Manolo, du musst mir helfen. Und bring den Pacco mit." Dann erzählte sie, was passiert war und schloss mit der Anweisung: „Ihr müsst von der anderen Seite kommen, nicht von der Plaza her. Der Wagen steht mit der Vorderseite an der Nummer 9."

Sie beendete das Gespräch, wandte sich mir wieder zu. „Sie sind in zehn Minuten da. Du steigst in das Auto, hältst den Lenker fest. Die Beiden schieben dann von vorne."

„Einsteigen?" fragte ich erschrocken. „Wie denn? Raus war schon schwer genug."

„Kein Problem", meinte sie. „Ich habe eine kleine Leiter. Die lehnen wir hinten an den Kofferraum, und dann kannst du leicht einsteigen."

„Santa Olalla!" sagte ich. „Wo bin ich hineingeraten!?"

11

Ich wurde zum Kletteraffen. Wir hatten die Leiter hinten an den Kofferraum gelehnt. Victoria hielt sie. Vorne an der Motorhaube standen Manolo und Pacco, zwei junge Burschen von etwa 25 Jahren. „Es ging alles schon mal besser", murmelte ich, als ich die Leiter hochstieg, mich dann auf den Rücksitz hangelte und von da auf den Vordersitz. Verdammte Alterssteifheit! Sie findet an den falschen Stellen statt. Als Stuntman hätte ich gewiss keinen Job gefunden. Eher bei Mr. Bean. Aber schließlich klappte es. Ich saß vorne am Lenker, hatte den Gang rausgenommen, die Handbremse gelöst, die beiden Spanier begannen langsam und vorsichtig den Cinquecento nach hinten zu schieben, wo die Gasse etwas breiter wurde. Es ging ohne neue Schrammen. Schließlich konnte ich die Türe öffnen und aussteigen. Ich bedankte mich bei den Beiden, wollte schon mein Portemonnaie zücken, aber sie lächelten, winkten ab, redeten noch eine Weile mit Victoria und gingen. Die Gasse war nun breit genug. Victoria stieg zu. „Vamos! Ich zeige dir jetzt, wo du den Wagen abstellen kannst, oben an der Plaza.

Ich hoffe, du willst nicht sofort nach Cazorla fahren. Wir können uns heute Abend noch in den Patio setzen und etwas trinken. Du kannst auch bei mir auf dem Sofa im Atelier übernachten." Sie sah mich lächelnd an: „Du hast so schöne blaue Augen. Die mag ich."

„Victoria, gerne. Ich bin heute schon genug gefahren. Außerdem weiß ich gar nicht, wie ich von hier nach Cazorla komme."

„Ich kann dir den Weg Morgen zeigen."

Oben an der Plaza war noch genau ein Parkplatz frei. Die Plaza gefiel mir mit ihren bunten Sonnenschirmen, den Cafés, Bistros und Restaurants, die sich um den Platz herum reihten. „Am Abend", sagte Victoria, „ist hier kein Tisch mehr frei. Bei uns geht das Leben erst gegen Neun so richtig los. Mit Musik, Essen, Getränken und so weiter."

„Und so weiter? Was bedeutet das?"

„Na ja, dann ist hier an den Tischen ein munteres Gequatsche, ein Stimmengewirr. Wir Spanier lieben die Unterhaltung. Die Kinder sind auch dabei."

Meine Freude über die Einladung hielt ich etwas zurück, wollte sie, da wir uns ja erst seit zwei Stunden kannten, nicht überschwänglich zeigen. Aber insgeheim dankte ich dem lieben Gott, endlich wieder eine Frau getroffen zu haben, die mir sympathisch war, sehr sympathisch.

„Schön, Victoria", sagte ich noch, „dass du Morgen mitkommst. Das hilft mir sehr. Und danke. Wie wäre ich ohne dich aus dieser verdammten Klemme herausgekommen!?"

„Irgendjemand hätte dir schon geholfen. In Quesada lässt dich niemand stecken", wehrte sie bescheiden den Dank ab.

„Ein Dorf, in dem man sich gegenseitig hilft?"

„Ja. Aber kein Dorf, eher eine kleine Stadt. Wir haben immerhin 7000 Einwohner. Und einige Fiestas. Unter anderem das Fest der Jungfrau von Tiscar. Sie ist die Schutzpatronin unseres Ortes. Am ersten Sonntag im September wird die Jungfrau in einer Prozession durch den Ort getragen."

„Jungfrau von Tiscar? Was ist das?"

„Da gibt es nicht weit von hier eine Grotte. In dem ehemaligen Ort Tiscar. Da gab es eine Marienerscheinung. So wie in Lourdes und Faltima. Du glaubst an sowas?"

Ich zuckte mit der Schulter. „Ich weiß es nicht. So, wie seit einer Woche die Dinge bei mir gelaufen sind, müsste ich es eigentlich. Aber ehrlicherweise kann ich nur sagen: Es gibt viele Dinge zwischen Himmel und Erde, die man nicht erklären kann. Jenseits des analysierenden Verstandes mag es eine andere Ebene, eine andere Welt geben. Und du? Glaubst du daran?"

„Ja. Ich fühle, dass es stimmt."

12

In der Abenddämmerung saßen wir im Patio, der zum Himmel hin offen war. Wir saßen an einem Tisch, dessen Fuß eine alte Nähmaschine war. Das Oberteil der Nähmaschine hatte Victoria durch eine Marmorplatte ersetzt. Bonito hatte sich neben mich gekauert, als sei ich schon immer da gewesen. Zwischen den Weinranken am weißen Mauerwerk hingen solarbetriebene rote Lampions. Die blauen Glyzinien hatten mit dem Untergang der Sonne ihre Blüten halb geschlossen. Es wurde rasch dunkel, und dann zeigte Victoria nach oben, wo am

Himmel, genau über dem Patio, die sieben Sterne des ‚Großen Wagen' auftauchten. Auf dem Tisch stand eine 5-Liter Box mit Malaga-Wein, an der wir uns bedienten. Victoria hatte sich umgezogen, trug nicht mehr ihren mit bunten Flecken besprenkelten Overall, sondern ein langes, türkisfarbenes Kleid. An den Füßen steckten rote Sandaletten. Einmal verschwand die Malerin kurz im Atelier, kam wieder mit einer Dose Tabak, einem Heft Zigarettenpapier und einer Tüte, aus der sie graugrüne Krümel auf die Marmorplatte streute. Sie hatte auch einen kleinen, runden, hölzernen Schredder mitgebracht, in den sie die Krümel füllte, dann den Deckel hin und herdrehte, um das Cannabis zu zerkleinern. „Du hast das schon mal geraucht?" fragte sie.

„Ja, mit Onkel Abdul in Denia. Aber nur da und eher selten."

„Soll ich dir auch eine drehen? Ich vermische das aber immer mit Tabak. Sonst ist es zu stark."

„Ja. Ich versuche es noch einmal."

„Und welche Wirkung hatte es bei dir?"

„Eine angenehme", antwortete ich. „Die Welt wird leicht und lustig. Ich fange dann an, grundlos zu lachen."

„Dann mache ich uns zwei Zigaretten."

Während sie Tabak und Cannabis vermischte und die Zigaretten drehte, fragte sie, ohne aufzublicken: „Hast du in Deutschland eine Freundin? Oder bist du verheiratet?"

„Nein. Weder noch. Die letzte Beziehung, eher eine kurze Affäre, liegt vier Jahre zurück, hat drei Wochen gedauert und ist dann gescheitert."

„Woran? Warum?"

„Die Dame war etwas streng. Ich durfte nicht rauchen, nicht trinken. Manchmal aber ging ich trotzdem auf den Balkon, schloss die Tür, zündete mir eine Zigarette an. Drinnen im Zimmer bekam sie dann einen Hustenanfall, behauptete, der Qualm würde durch die Ritzen in den Raum ziehen. Die Ankunft am Abend bei ihr war schön, die Abfahrt am Morgen aber schöner. Dann habe ich an einer nahegelegenen Tankstelle Halt gemacht, mir eine kleine, flache Flasche Wodka gekauft, bin zum nächsten Parkplatz gefahren, habe in Ruhe und ohne Belästigung eine Zigarette angezündet und ein Schlückchen Wodka genommen. Na ja, schließlich war mir das alles zu anstrengend und ich bin nicht mehr zu ihr gefahren."

Victoria lächelte, reichte mir eine Zigarette, sagte: „Bei mir ist das anders. Du musst diese Nacht auch nicht auf dem Sofa schlafen."

13

Ich versuchte die Augen zu öffnen. Gleißendes Licht flutete hinein. Ich schloss sie wieder, blinzelte mit den Augenlidern. In meinem Kopf hämmerte es wie in einem Bergwerk. Langsam kehrte die Erinnerung zurück. Der Malaga-Wein! Ich hatte das Etikett gelesen. 15 Umdrehungen. Wir hatten die Box leergetrunken. Und etliche Cannabis-Zigaretten geraucht. Dann waren wir diese verdammte Treppe mit den weit auseinander liegenden Stufen hochgegangen in den ersten Stock, wo das Doppelbett war. Victoria hatte mich kichernd geschoben und öfter gesagt: „Fall bloß nicht! Halt dich an den Geländerstangen fest!" Diese alte Holz-treppe musste für ein Känguru gebaut worden sein. Oder für einen jungen Turner, der bei Olympia eine

Goldmedaille gewonnen hatte. Aber wir waren heil ans Bett gekommen, hatten uns ausgezogen. Ich erinnerte mich, dass ich an schönen, festen Brüsten gespielt hatte. Hatten wir mehr gemacht? Ich wusste es nicht. Ich würde Victoria schlecht fragen können. „Was!" würde sie empört sagen. „So etwas Schönes weißt du nicht mehr!"

Wo war sie überhaupt? Der Platz neben mir war leer. Da hörte ich sie unten rumoren. Porzellan klapperte. Ich blieb noch eine Weile liegen. Mehr und mehr kehrte die Erinnerung zurück. Wir hatten uns stundenlang unterhalten, gelacht und gekichert dabei, was dem Cannabis und dem Wein geschuldet war. Unterhalten hatten wir uns über Episoden unserer Vergangenheit. Sie hatte da mehr zu erzählen als ich. Hatte ich ihr von Tante Tiene berichtet, von meinem extravaganten Abenteuer? Ich wusste es nicht.

„Der Rohton kommt aus Granada." Sie hatte auch über ihre Arbeit gesprochen. Das Brennen der Azulejos im Ofen. Der Prozess mit den Glasuren. Das Malen der Motive mit den Pigmenten. „Am besten läuft der Don Quijote. Den und seinen Knappen Sancho Pansa lieben die Leute.

Den wollen sie als Mosaik an der Hauswand haben. Hast du den gelesen?"

Ich wusste meine Antwort nicht mehr. „Ja, ja", hätte ich sagen müssen. „Ist aber lange her. Ich erinnere mich nur noch, dass er eine Dulcinella suchte und gegen Windmühlenflügel gekämpft hat."

Ich richtete mich auf, schob mich an die Bettkante, verharrte dort eine Weile, strich mir über den Schädel, was aber das Brummen im Kopf nicht beseitigte. Wer Malaga-Wein und Wodka hat, dachte ich, hat auch Aspirin. Auweia, ich wollte ja nach Cazorla. Mit so viel Restalkohol kannst du ja gar nicht fahren. Wie spät ist es eigentlich? Ich sah auf meine Armbanduhr. Halb Zwölf. Dann fahren wir nach ein paar Tassen Kaffee eben am späten Nachmittag. Die Hauptsache, ich kann Tienes Haus, mein Haus, noch im Tageslicht begutachten. Schön, dass Victoria mitfährt. Was macht sie da unten überhaupt?

Ich zog mich an, begab mich zu der Treppe und stieg, mich an den Stangen festhaltend, langsam Stufe für Stufe mit einem halben Spagatschritt hinunter, kam heil an. An der untersten Stufe stand Bonito, sah mir entgegen, hatte das Maul halb geöffnet und die Zunge vorgeschoben. „Ja, lach ruhig, Junge!" sagte ich. „Ich hab's verdient."

Dann sah ich Victoria. Sie hatte wieder ihren ‚bunten' Overall an, stand, einen Pinselstiel zwischen den Lippen und mir den Rücken zukehrend, sinnend vor der Staffelei, betrachtete das Bild ‚La mujer de Quesada'. Und dann sah ich auch im Wohnzimmer-Abteil des Raumes einen reich gedeckten Frühstückstisch.

Sie hatte mich kommen hören, drehte sich um, lächelte, fragte: „Cómo estás?" – Wie geht's?

Ich ging zu ihr, küsste sie, verdrehte die Augen, strich mir über den Kopf. „War alles etwas viel gestern Abend. Der Wein, Cannabis und so weiter."

„Und so weiter? Was meinst du?"

„Unsere Aktivität im Bett."

Sie lachte. „Du hast eine halbe Minute meine Brust befühlt, bist eingeschlafen, hast geschnarcht."

„Ich weiß. Entschuldigung. Der Wein war etwas viel, und Cannabis war ich lange nicht mehr gewohnt."

„Macht ja nichts. Wenn du wirklich in Spanien bleibst, können wir alles nachholen."

Ich nickte. „Hast du Aspirin? Mein Kopf ist so, als würde ein Specht darin rumhämmern."

Sie lachte wieder. „Nein, so etwas habe ich nicht. Aber ich gehe für dich zur Farmacia und kaufe es. Ist nicht weit. Oben an der Plaza."

Ich nickte zerknirscht. „Ja, gerne. Und dann fahren wir nach dem Frühstück nach Cazorla? Es bleibt dabei?"

„Klar. Ich will nicht, dass du noch einmal irgendwo stecken bleibst. Die Gassen in den Bergdörfern sind eng."

14

Nach einer Viertelstunde kam sie mit einer Schachtel ‚Aspirina' zurück. Ich schluckte gleich zwei Tabletten. Während sie unterwegs war, hatte ich den reichhaltig gedeckten Frühstückstisch inspiziert. Wahrscheinlich war sie vorher einkaufen gewesen. Die verschiedenen Käsesorten waren noch frisch verpackt. Ein Buffet im Hotel hätte nicht besser sein können. Als wir bei der ersten Tasse Kaffee am Tisch saßen, klärte sie mich auf. „Das ist spanischer Manchegokäse, das ein geräucherter Rolada und das ein Queso de Oveja. Und hier auf der Fleischplatte, das ist Serranoschinken, daneben eine scharfe Chorizo-Wurst." Auch verschiedene Marmeladen, die Gläser waren noch frisch verschlossen, gab es. Mango-Marmelade, Passionsfrucht und Feige. Sie hatte ihrem Überraschungsgast ein opulentes Buffet zubereitet. Das Ciabatta war frisch und fast noch handwarm. Sie musste es erst vor kurzem in der Bäckerei, panadería, gekauft haben.

„Vamos!" sagte sie nach dem Frühstück. „Du kannst fahren?"

„Ja. Nach den Tabletten und dem excellenten Frühstück geht es mir besser. Ich denke, auch der Alkohol ist schon abgebaut. Die Guardia Civil wird nichts finden."

„Keine Angst. Die machen auf der Strecke keine Kontrolle. Bis Cazorla sind es auch nur 18 Kilometer. Du hast die Adresse von dem Haus?"

„Ja, natürlich. Der Notar hat sie mir geschrieben. In Cazorla schalte ich die Navi-App ein. Im Ort selbst wird sie sich hoffentlich nicht vertun."

Wir gingen den kurzen Weg zur Plaza, wo der Cinquecento geparkt war, und dann ging es durch eine wunderschöne, hügelige Landschaft, die meistens mit Olivenhainen bewachsen war, nach Cazorla.

„Sieht hübsch aus, dieses weiße Bergdorf", sagte ich zu Victoria, als wir am Ortseingang hielten und ich die App mit der Adresse programmierte. Durch den Ort ging es zur Calle Fuente Maleno und dann nach links den Camino del Angel bergauf. Die Straße, eher ein schmales Sträßchen, endete an einem Tor mit weißen Gitterstäben. Verblüfft las ich die Nummer. „Das ist die 28, wie der Notar das angegeben hat", sagte ich zu Victoria. „Aber das kann nicht sein. Das hier ist kein Haus. Das ist ein feudales Anwesen mit zwei Häusern und einem riesigen Grundstück. Ein Name steht leider nicht am Tor." Ich war verwirrt, aber Victoria war clever genug, mich zu fragen: „Was hat er denn geschrieben? Casa oder propriedad?"

„Beides. Mal so, mal so. Ich denke ‚propriedad' bedeutet ‚Eigentum'."

„Nein, nein, ‚propriedad' bedeutet ‚Anwesen'."

„Wäre ja irre", meinte ich. „Da führt ein schmaler Pfad den Zaun entlang. Wir steigen aus", schlug ich vor, „und gehen mal rundum."

Ich schüttelte ungläubig den Kopf. Durch das Gittertor blickten wir auf einen großen, weißen Flachbau. Ihm gegenüber war eine weiße Villa mit Erker und rotem Ziegeldach. Beim Rundgang sahen wir durch den Zaun auf einen Garten mit kurzgeschnittenem Rasen, Palmen und Büschen von Bougainvillea und Hibiskus. Alles sah sehr sauber und gepflegt aus. Und dann entdeckten wir auch noch einen großen, ovalen Swimmingpool mit blauem, kristallklarem Wasser.

„Das sind doch mindestens 3000 Quadratmeter", sagte ich zu Victoria. „Ich kann es nicht glauben, dass ich so etwas erben soll. Aber Adresse und Hausnummer stimmen."

Als wir zurück beim Wagen waren, kam uns aus dem Flachbau ein älterer, weißhaariger Mann entgegen, blieb am Tor stehen, fragte, was wir wollten. Ich fragte: „Wohnte hier Christine Haller?"

Der Mann nickte. „Ja, aber sie lebt nicht mehr. Sie ist vor ungefähr einem Monat gestorben. Warum fragen Sie danach?"

„Ich bin ihr Neffe, Henry Haller. Sie hat mich als Erben eingesetzt. Ich habe einen

Brief von einem Notar in Albacete bekommen."

„Oh!" sagte der Mann. „Ich bin Antonio, der Verwalter. Meine Frau und unser kleiner Junge, wir wohnen in diesem Haus." Er zeigte auf den Flachbau und fragte dann mit sorgenvoller Miene: „Sie werden verkaufen?"

„Nein", antwortete ich. „Es bleibt alles beim alten. Machen Sie sich keine Sorgen. Ich wäre froh, wenn ich Sie als Verwalter behalten darf."

Er atmete erleichtert auf, legte aber sogleich die Stirn in Falten. „Sie werden Miete verlangen?"

„Hat meine Tante das?"

„Nein. Dafür mache ich ja die Arbeiten hier, halte alles in Ordnung, passe auf. Wir zahlen nur für den Strom. Das Wasser kommt übrigens aus einem Brunnen. Der ist 120 Meter tief. Die elektrische Pumpe hängt in einem unterirdischen Fluss. Das Wasser ist kalt, klar und trinkbar."

„Nein", beruhigte ich ihn. „Es bleibt so. Auch bei mir werden Sie keine Miete bezahlen. Ich denke, das ist ganz im Sinne meiner Tante."

Veronica hatte staunend neben mir gestanden und zugehört. Ich wusste gar nicht, als was ich sie vorstellen sollte. Als Freundin? Wir kannten uns erst seit gestern. Und so sagte ich nur: „Das ist übrigens Victoria. Wir kommen gerade aus Quesada."

Antonio öffnete die beiden Flügel des Tores, sagte: „Kommen Sie, fahren Sie den Wagen rein und dann zeige ich Ihnen, was Sie geerbt haben!"

15

Antonio hatte einen Schlüsselbund dabei, führte uns zuerst zu Tienes Villa, öffnete die Tür. Durch einen Flur gelangten wir in einen großen Wohnraum mit breiten und hohen Fensterflächen zum Garten und einer Terrasse hin. „Dort saß Ihre Tante jeden Morgen mit einer Tasse Kaffee, rauchte und legte sich die Tarotkarten, um zu sehen, wie der Tag wird", erzählte Antonio. „Danach nahm sie sich aus irgendeiner Zeitschrift die Kreuzworträtsel vor und bis vor drei Monaten noch fuhr sie mit ihrem Motorroller in den Ort, um einzukaufen oder Freunde zu besuchen. Dann sagte sie eines Tages: ‚Antonio, es geht nicht mehr.

Ich gefährde den Verkehr. Da war sie schon 88."

„Wie ist sie gestorben?" fragte ich.

„Als sie eines Morgens nicht wie immer auf der Terrasse saß, habe ich an die Tür geklopft und die Glocke geschlagen, die dort hängt. Aber sie kam nicht. Da bin ich hineingegangen. Sie lag im Bett und war offensichtlich friedlich entschlafen."

„Sie ist hier in Cazorla beerdigt worden?"

„Ihre Urne ist dort auf dem Friedhof. Ich kümmere mich um das Grab, fahre ab und zu dorthin und gucke, ob alles in Ordnung ist. Manchmal steckt auch eine Blume in der Vase. Ich denke, das macht eine ihrer Freundinnen. Christine war gesellig und beliebt. Jeden Mittwoch hatte sie hier auch ihr Damenkränzchen."

Wir wanderten nun durch die Villa, die insgesamt neben Küche und Bad fünf Räume hatte. Die Einrichtung mit antiken Möbeln war in einem spanisch-afrikanischen Stil mit Gemälden und Masken an den Wänden. Einiges erkannte ich von meinen Besuchen in Denia wieder. Einer der Räume war ein Grillraum mit Kamin und einer Bar, deren Vitrine noch gut mit Flaschen gefüllt war. Ein zweiter

Kamin war im Wohnzimmer. Die Tante liebte das natürliche Heizen, wenn es einmal im Winter kälter wurde. „Hinten im Garten ist ein Schuppen", erklärte Antonio. „Da habe ich das Brennholz für sie gestapelt."

Danach führte uns Antonio nach draußen, wo sich in dem langgezogenen Flachbau zwei Garagen befanden. „Eine", sagte er, „darf ich benutzen. In der anderen hat Ihre Tante den Motorroller geparkt und auch Vorräte gelagert." Er schob das Garagentor hoch. Ich erblickte einen weinroten, eleganten Motoroller. Er hatte vorne am Lenker ein Windschild und hinten eine Gepäckbox. An der Seite unterhalb der Sitzes war ein silbernes Schild angebracht mit der Marken-bezeichnung ‚Firenze Limited'.

„Allzu schnell kann man damit nicht fahren", erklärte Antonio. „Der hat die üblichen 50 Kubikzentimeter. Aber Ihrer Tante reichte das. ‚Wäre ich noch jung', hat sie einmal gesagt, ‚würde ich wie mein Mann eine Harley fahren. Aber das geht nicht mehr. Der Roller hier reicht mir.'"

In der geräumigen Garage gab es noch zwei große Kühlschränke und ein Regal mit Weinflaschen. Auf einem Tisch stapelten sich Zeitschriften, die sich Tiene aus Deutschland hatte schicken lassen. ‚Für die Frau', ‚Das Goldene Blatt', Freizeit-Revue' und so weiter. Sie las gerne Klatschgeschichten. Wer mit wem. Wer wieder weg. Mit hoher Literatur hatte sie scheinbar nichts am Hut. Geschichten aus den europäischen Königshäusern waren ihr lieber. In der royalen Landschaft kannte sie sich aus.

Nach der Besichtigung führte uns Antonio in den Flachbau und stellte seine Familie vor. Seine recht hübsche Frau Joselina, die mindestens zwanzig Jahre jünger war als er – ich schätzte ihn auf etwa sechzig – und den kleinen Paulo. „Der ist gerade neun Jahre geworden", sagte Antonio nicht ohne Stolz. „Jetzt sind noch Ferien. Deshalb ist er nicht in der Schule." In der Wohnung lief auch noch eine junge Rottweiler-Dame herum, die auf den Namen ‚Shakira' hörte und uns neugierig beschnupperte.

Nach einer gastfreundlichen Tasse Kaffee verabschiedeten wir uns. Ich versprach, in den nächsten Tagen wiederzukommen, wenn mit dem Erbe und dem Notar alles geklärt sei. Ich bekräftigte noch einmal, dass alles beim alten bleiben würde und ich froh sei, wenn Antonio auch für mich weiter als Verwalter zur Verfügung stehen würde. Ich hätte gar keine Lust, alleine auf dem Anwesen zu wohnen.

Auf der Rückfahrt nach Quesada sagte ich zu Victoria: „Kneif mich! Vor fünf Tagen bin ich aus meiner bescheidenen Wohnung vertrieben worden und jetzt bekomme ich ein feudales Anwesen. Morgen fahre ich nach Albacete zum Notar. Darf ich noch eine Nacht bei dir bleiben?"

Sie lächelte. „Darfst? Du hast noch etwas nachzuholen. Du kannst Morgen nicht zum Notar nach Albacete. Heute ist Freitag. Der wird erst am Montag wieder zu sprechen sein. Wir haben also ein Wochenende vor uns."

16

Noch am Nachmittag rief ich den Notar an. Miguel Navarro hatte eine angenehme, freundliche Stimme. „Schön, dass Sie schon in Spanien sind. Werden Sie das Erbe antreten?"

„Ja. Ich bin überrascht von dem Anwesen. Ich war heute in Cazorla, habe mir alles angesehen."

Wir vereinbarten Montagnachmittag als Termin. „Bringen Sie bitte ihren Personalausweis oder Reisepass mit."

Das Wochenende verbrachten Victoria und ich zusammen. Oft saßen wir im Patio, hatten den Genuss der alkoholischen Getränke eingeschränkt, wollten uns nicht mehr abschießen wie noch am Donnerstagabend. Im Gegensatz zu Victoria verzichtete ich auch auf Cannabis, erklärte, dass ich für den Termin beim Notar einen klaren Kopf haben müsste. Sie als Künstlerin könnte ruhig weiterrauchen. Wegen der Inspiration. Einige Male waren wir auch in einem Bistro an der Plaza, saßen draußen, beobachteten das quirlige, muntere Leben dort, dass so ganz anders war als in Deutschland. Immer wieder kamen auch Freunde oder Bekannte von Victoria, unterhielten sich mit uns. Ich habe es gar nicht gezählt, wie viele Male ich vorgestellt wurde. „Das ist Henry aus Alemania." Manche wollten auch wissen, wie wir uns kennengelernt hatten. Dann erzählte sie mit einem Schmunzeln, das von einem amüsierten Lachen der Zuhörer begleitet wurde, die Geschichte. „Er ist mit seinem Auto bei mir in der ‚Calle del Arte de Flamenco' stecken geblieben. Die Türen waren eingeklemmt. Er hat ein Cabrio, ist dann durch das Dach ausgestiegen."

In den Nächten, die wir zusammen verbrachten, dachte ich: „Endlich wieder. Das Weib ist Gottes schönste Schöpfung." Aber natürlich waren es nicht nur die Nächte. Wir waren auch tagsüber gerne zusammen, ohne erotische Akrobatik, einfach so. Gingen wir zur Plaza oder zum Einkaufen in den Supermercado, dann Hand in Hand, weil Berührung und Nähe ein spontanes Bedürfnis waren. Ich kann es nicht anders ausdrücken, als dass ich in Victorias Nähe einfach ein schönes Gefühl hatte. Einmal fiel mir ein: „Das ist ja so angenehm, als säße ich in einer warmen Badewanne." Zugegeben: ein etwas hilfloser Vergleich. Es war einfach ein Wohlgefühl mit ihr und in ihrer Nähe. Einmal fragte sie mich nach meinem Sternzeichen. „Wassermann", sagte ich. „Und du?"

Da lächelte sie, freute sich. „Zwilling. Das passt wunderbar."

Ich habe mich nie mit Horoskopen beschäftigt. Aber in diesem Fall will ich es gerne glauben.

Dann kam der Montag. Der Termin mit Navarro war um 15 Uhr, die Distanz bis Albacete etwa 240 Kilometer. Ich musste früh genug losfahren. „Hoffentlich drehen Sie dir keinen Strick aus der Erbschaftssteuer", meinte Victoria. „Die beträgt hier in Andalusien, soweit ich weiß, 21 Prozent. Die muss man bezahlen, bevor man das Erbe bekommt. Bei diesem prachtvollen Anwesen wird das ein dicker Brocken sein."

Cazorla gehörte auch noch zu Andalusien. So gerade noch. Es lag an der Grenze zu Kastilien. „Vielleicht, wenn es so ist, lässt sich darüber verhandeln", sagte ich. „Ratenzahlung zum Beispiel. Sonst müsste ich wohl tatsächlich verkaufen. Täte mir leid um Antonio und seine Familie. Auf wie hoch schätzt du den Wert? Ich habe keine Ahnung von so etwas."

Sie wiegte den Kopf hin und her, legte die Stirn in Falten. „Ich weiß es auch nicht. Aber schätzungsweise mindestens eine Million."

Ich rechnete rasch. „Olalla, das wären ja an Erbschaftssteuer über 200 000 Euro! Wo soll ich die denn hernehmen?"

Meine Freude über das Erbe hatte einen Dämpfer bekommen.

„Mach dir keine Sorgen" tröstete mich Victoria. „Dann wohnst du eben hier. Das Haus ist groß genug."

17

Miguel Navarro war ein freundlicher, älterer Herr mit einem schon weißen Haarkranz. Als ich mich bei seiner Sekretärin anmeldete, kam er sofort, schüttelte mir die Hand. „Bienvenido, Willkommen, da lerne ich endlich den Neffen von Christine kennen." Den Willkommensgruß sagte er überraschend auf Deutsch. Und zwar den ganzen Satz. Er bemerkte mein Erstaunen, lächelte, erklärte: „Christine hat mir etwas Deutsch beigebracht." Dann ging er aber wieder zum Spanischen über. „Wissen Sie, ich habe den Beiden, Christine und ihrem Mann Abdul, das Anwesen damals vermittelt. Ich wusste von dem unterirdischen Fluss. Das ist bei der

Wasserknappheit hier ein großer Schatz. Seit dieser Zeit sind wir auch Freunde geworden und ich war einige Male in Cazorla. Aber setzen wir uns doch ins Büro. Möchten Sie einen Kaffee?"

„Ja, gerne."

„Sofia, mache uns doch bitte einen Kaffee."

Er führte mich in sein Büro, bat mich ihm gegenüber am Schreibtisch Platz zu nehmen.

„So", begann er, „zunächst das rein Formale, damit alles seine Ordnung hat. Ich muss Ihre Personalität überprüfen. Reisepass oder Personalausweis haben Sie dabei?"

„Natürlich." Ich reichte ihm meinen Pass. Er blätterte, warf einen kurzen Blick darauf, dann auf mich. „In Ordnung. Sofia wird eine Kopie davon machen. Während ich die Kopien von Ihrem Pass anfertigen lasse, lesen Sie bitte den Brief, den Ihre Tante an Sie geschrieben hat. Ich soll ihn persönlich aushändigen."

Er reichte mir einen verschlossenen Umschlag, stand auf, verschwand mit meinem Pass. Ich öffnete das Kuvert, zog ein Blatt mit Tienes Handschrift heraus, begann zu lesen.

„Lieber Henry, mein lieber Junge, wenn du das liest, bin ich in einer anderen Welt. Ich fühle, dass mein Ende nicht mehr weit ist. Als Einziger in unserer frommen Familie hast du immer zu mir gehalten und mich verstanden. Auch Abdul, wäre ich vor ihm gestorben, hätte dich als Erben eingesetzt. Er hat sich immer gefreut, wenn du gekommen bist. Ich kenne deine Bindungsscheu, was Frauen und Immobilien betrifft. Hinsichtlich der Frauen hoffe ich, dass ich nicht durch unser nettes Erlebnis damals daran schuld bin. Nimm das Erbe bitte an, damit Antonio, mein Verwalter, mit seiner Familie weiter dort wohnen kann und nicht vertrieben wird. Er ist sehr zuverlässig. Ich hoffe, dass du ganz nach Spanien auswanderst. Da du jetzt nicht mehr arbeitest, steht dem nichts im Wege. Du hast ja oft davon gesprochen und fleißig die Sprache gelernt. Ich wäre auch froh, wenn du endlich mal ein hübsches, ehrliches Weib findest und nicht alleine dort oben in der Villa hausen musst und vor lauter Einsamkeit meine Bestände wegtrinkst. Fahre täglich in den Ort, suche ein nettes Bistro, das ‚Carmencita' zum Beispiel und warte ab. Die Frauen werden schon auf dich aufmerksam werden. Aber greife altersmäßig nicht zu tief, wie das manche Seniorentrottel versuchen. Das könnte gefährlich sein. Du gehst jetzt auf die Siebzig zu. Eine Dreißigjährige bringt Unruhe. Dem Notar, Miguel Navarro, kannst du rückhaltlos vertrauen. Er ist seit langem ein zuverlässiger Freund des Hauses und wird dich unterstützen und dir helfen. Lass bitte den Mietvertrag mit Antonio auf deinen Namen umschreiben. Er muss keine Miete zahlen, nur den Strom. Dafür kümmert er sich um das Anwesen. So, mein Junge, mach's gut und mach' das Beste draus. Deine Tante Tiene."

18

Ein paar Minuten, nachdem ich Tienes Brief gelesen hatte und nachdenklich und versonnen an Navarros Schreibtisch saß, erschien der Notar wieder. Ein Tablett mit Kaffee, Milch, Zucker und etwas Gebäck trug er persönlich herein. „Sofia bringt Ihren Pass gleich", sagte er. „Nun, alles gelesen?" Ich nickte. „Ja, aber es stimmt mich etwas traurig. Ich hatte meine Tante sehr gern. Auch Onkel Abdul. Sie waren wie ein zweites Elternpaar."

„Kann ich gut verstehen. Ich habe mich in ihrer Gesellschaft stets sehr wohl gefühlt, war gerne bei ihnen, wenn sie mich eingeladen hatten. Nun, das hilft jetzt nichts. Wir müssen das Erbe regeln. Sie nehmen es an?"

„Ja, aber…" schränkte ich ein. „Aber was ist mit der Erbschaftssteuer, die man zuvor bezahlen soll?"

Navarro winkte ab. „Gibt es in Andalusien nicht mehr. Das war bis 2019 so. 21 Prozent. 2019 ist die sozialistische Regierung durch ein Mitte-Rechts-Bündnis abgelöst worden. Das Gesetz wurde gekippt. Erst ab einem Wert von einer Million ist man steuerpflichtig und dann mit nur einem Prozent. Das Anwesen Ihrer Tante taxieren wir wegen der Abgelegenheit oben auf dem Berg mit 980 000 Euro. Sie bezahlen also nichts. Früher musste man die Erbschaftssteuer innerhalb von sechs Monaten bezahlen. Daher ist es oft vorgekommen, dass die Erben den Besitz nicht angetreten haben. Dann fiel das Erbe an den spanischen Staat bzw. die jeweilige Provinz. Ich lese Ihnen das Testament jetzt vor. Es ist in Spanisch und in deutscher Übersetzung. Sie erhalten eine Kopie von beiden Schriftstücken. In welcher Sprache wollen Sie es hören?"

„In deutscher", antwortete ich und dachte daran, das ich mir ‚propiedad' mit ‚Eigentum' übersetzt hatte statt mit ‚Anwesen'.

Der Notar las mir vor, was Tiene verfügt hatte. Sie hatte mir Grundstück und beide Gebäude vermacht. Auch das Inventar der Villa und die zugehörigen Garagen. Bei dem Motorroller spielte ich schon mit dem Gedanken, ihn Victoria zu schenken, damit sie mich besuchen konnte. Tiene hatte auch an Antonio gedacht. Es gab die Auflage, ihm den Flachbau weiter mietfrei zur Verfügung zu stellen."

„So, jetzt kommt noch ein kleiner Leckerbissen dazu, ich glaube, in Deutschland sagt man ‚Sahnehäubchen'. Ihre Tante war nicht unvermögend. Sie erben auch 40 000 Euro. Um den Erbschaftsprozess einzuleiten, habe ich alle Papiere bereits vorbereitet. Die Sterbeurkunde hat mir das Standesamt bereits zugeschickt. Der Eintrag im Grundbuch liegt ebenfalls vor. Ich denke, in vier oder fünf Wochen ist alles durch. Aber Sie können jetzt schon dort wohnen, bekommen von mir die Schlüssel. Sie sehen, Ihre Tante hat an alles gedacht. Ich brauche jetzt nur noch eine Vollmacht, dass ich Ihre Interessen vertreten darf. Und wir schreiben den Mietvertrag für Antonio und seine Familie gleich auf Ihren Namen um. Dann ist er beruhigt und Sie können mit einem besseren Gefühl dort wohnen. Von Christine weiß ich, dass er sich über diesen Punkt erhebliche Sorgen macht. Ach ja, und ich besorge Ihnen auch eine spanische Identifikationsnummer, die Sie für den Erbschaftsprozess brauchen. Mit der Ummeldung Ihres Wagens können Sie sich Zeit lassen. Falls Sie aber für immer in Spanien bleiben wollen, sollten Sie das irgendwann tun. Wollen Sie überhaupt bleiben?"

„Ich denke, ja." Ich erzählte ihm von Victoria und wie ich in Quesada steckengeblieben war. Er schmunzelte dazu und meinte: „Ja, ja, Amors Launen können unergründlich sein."

Ich unterschrieb die Vollmacht, die er schon vorbereitet hatte, und ließ auch für Antonios Mietvertrag Tienes Namen durch meinen ersetzen.

„Was bekommen Sie für Ihre Tätigkeit?" fragte ich.

„Nichts", antwortete er. „Ich war ein Freund des Hauses. Christines Mann hat mir einmal aus der Klemme geholfen. Ich hatte einen Unfall verursacht, leider mit Todesfolge, sollte ins Gefängnis. Abdul hat das mit einer hohen Kaution verhindert. Jetzt freue ich mich, dass ich mich revanchieren kann."

19

Ich fuhr zunächst nach Cazorla, hatte das Verdeck des Cinquecento geöffnet. Der Himmel war azurblau, das Display an der Armatur zeigte 35 Grad. In Deutschland feierte man gerade auf Veranlassung des Umweltministers die Woche der Wärmepumpe. Und als weitere Köstlichkeit hatte ich bei den Nachrichten, die beim Einschalten meines Laptops auf dem Bildschirm erschienen, gelesen, dass die Politiker mit Sorge einem Enthüllungsbuch entgegensahen. Da war vor einiger Zeit eine ehemalige Verteidigungsministerin entlassen worden. Unter anderem wurde ihr vorgeworfen, in Schutzweste und auf Stöckelschuhen in Mali aus einer Bundeswehrmaschine gestiegen zu sein.

Was gegen die Bekleidungsvorschriften war. Jetzt saß sie in Italien bei einem Glas Rotwein und schrieb an ihren Memoiren: ‚Auf Stöckelschuhen durch Absurdistan'. „Bravo!" dachte ich. „Zeig's ihnen!"

Während ich durch die Landschaft der Olivenhaine fuhr, befühlte ich öfter den Schlüsselbund in meiner Hosentasche, so wie man sich in den Arm kneift, wenn man glaubt, etwas nur geträumt zu haben. War er wirklich da? Er war da. Der Schlüssel zu einem neuen Leben. Schließlich fuhr ich den Camino del Angel hoch. Das weiße Tor stand offen. Ich parkte den Wagen vor der Tür der Villa. Als ich ausstieg, kam mir Antonio entgegen. „Hola!" – „Hola!" Ich gab ihm den Vertrag. Er überflog ihn. Ein breites Lächeln erschien auf seinem Gesicht. Er umarmte mich, klopfte mir auf die Schulter. „Muy bien!" – Sehr gut. Er eilte in seine Wohnung, um Joselina davon zu unterrichten und kehrte mit zwei Flaschen ‚Cruzcampo' zurück. Neben der Haustür der Villa stand unter einer Marquise eine Bank, ein Tisch davor und noch vier Stühle drumherum. Wir setzten uns. Antonio knackte die Kronkorken mit einem Feuerzeug, wir stießen an. „Salud. Pasad un buen rato juntos!" – Prost. Auf eine gute Zeit zusammen! Ist doch die beste aller Lösungen, dachte ich. Ich muss hier oben nicht alleine hausen, habe Gesellschaft und einen Verwalter, der sich um alles kümmert. Wer weiß, was sich an diesem Tisch oder hinten auf der Terrasse an Geselligkeit noch ereignen wird. Das wird bestimmt anders als in Andernach, wo ich meistens allein auf dem Balkon hockte. Was am deutschen Wesen liegen mochte. Es war oft schwierig, die Distanz zu durchbrechen. Hier in Spanien war das offensichtlich viel einfacher.

„Was hältst du davon?" meinte Antonio. „Joselina macht Morgen eine Paella und du kommst mit Victoria. Ihr seid herzlich eingeladen. Ihr könnt ja hier schlafen, braucht euch wegen dem Wein keine Sorgen zu machen. Sie ist doch deine Freundin oder nicht?"

Ich erzählte ihm die Geschichte der Calle del Arte Flamenco. „Ja, ich denke, sie ist meine Freundin. Ich habe Schmetterlinge im Bauch." Ich sagte das in einem wörtlichen Spanisch. „Tengo mariposas en el estomago." Antonio runzelte die Stirn, sah mich fragend an, als hätte ich einen Arztbesuch nötig oder etwas Falsches gegessen. Es ist manchmal vertrackt, will man deutsche Wendungen wörtlich auf Spanisch wiedergeben. Um Unklarheiten auszuräumen, ergänzte ich: „Ich habe diese Frau sehr gern. Wir verstehen uns sehr gut."

20

Victoria war bester Laune, als ich kam. Sie hatte einen neuen Auftrag bekommen. Dieses Mal keine Azulejos fertigen, sondern die Kopie eines Ölgemäldes von Rafael Zabaleta. Auftraggeber war ein Unternehmer aus Jaen. Er war mit diesem Wunsch gekommen, hatte ein Foto mitgebracht. „Er ist enttäuscht", sagte sie, dass er das Original nicht kaufen kann. Jetzt will er wenigstens eine gleich große Kopie haben. 64 x 81 cm."

„Mit nachgemachter Signatur?"

„Nein, nein, das geht nicht. Das wäre Betrug."

Ich warf einen Blick auf das Foto, das neben der Staffelei auf dem Tisch lag.

„'El Sátiro' heißt es", sagte Victoria. „Von 1958."

Seltsames Motiv, dachte ich. Der Satyr. Ein nackter Mann mit schwarzem Wuschelkopf lag zwischen den Beinen einer dicken Matrone und beglückte sie. Durch das offene Fenster schien der volle Mond. Das Bild drückte eine seltsame Geilheit und Hingegebenheit aus und hatte zugleich abstrakte Züge.

„Kubismus?" fragte ich.

„Schwer zu sagen. Zabaleta hat seinen eigenen Stil. Gefällt es dir?"

„Ich weiß nicht. Es ist sehr eigentümlich. Die Frau hat ein Gesicht wie ein Schweinchen. Und zugleich doch nicht. Aber auf jeden Fall genießt sie, nach dem Gesichtsausdruck zu schließen, die Begattung. Der Satyr genauso."

„Was ist eigentlich ein Satyr?"

„Ein Diener des Gottes Dionysos. Ein Satyr tanzt, trinkt und spielt gerne auf der Flöte. Und als Naturwesen hat er ein starkes sexuelles Verlangen."

„Woher weißt du so etwas?"

„Na ja", winkte ich ab, „hab' ich irgendwann mal gelesen." Meine genaue Quelle zu nennen, erschien mir als zu delikat. Es war der Roman ‚Erinnerung an meine traurigen Huren'.

„So, jetzt erzähl mal!" forderte sie mich auf. „Was war in Albacete. Du siehst recht zufrieden aus."

„Alles gut. Die Erbschaftssteuer gibt es seit 2019 in Andalusien nicht mehr." Ich zog lächelnd den Schlüsselbund aus der Hosentasche. „Ich darf sogar jetzt schon dort wohnen."

Sie verzog das Gesicht. „Hmm, ich fange gerade an, mich an dich zu gewöhnen."

„Kann ja auch so bleiben. Du kannst den Motorroller haben. Wir können uns gegenseitig besuchen."

„Und deine Wohnung in Deutschland? Du musst noch mal zurück?"

Ich dachte an die 40 000 Euro, die ich erben würde. „Nein, da interessiert mich nichts mehr. Die können selber aufräumen."

„Und deine persönlichen Sachen? Du hast doch bestimmt Dinge, an denen du hängst."

„Nein, Victoria. Jahrzehnte lang habe ich gedacht, ich brauche nur einen Rucksack und eine Frau, die mich liebt. Oder auch andersrum: eine Frau, die ich liebe."

„Stimmt das so?"

„Ich glaube, ja. Es ist verrückt, dass ich nach diesen paar Tagen, die wir uns kennen, so an dir hänge. Als ob wir uns schon vorher gekannt hätten. Was natürlich unmöglich ist."

„Warum?" meinte sie. „Gibt es nicht viele Dinge, die man nicht erklären kann?"

„Ja, scheint mir seit dem 15. Juli auch so. Da wird einem das Leben an einem einzigen Tag zweimal umgedreht. Und man wird in eine Irre geführt, die gar keine ist."

Ihr Sinn für das Praktische kehrte zurück. „Wird das nicht teuer, wenn du dich überhaupt nicht mehr um deine Wohnung kümmerst?" fragte sie.

„Mag sein. Aber fristlos kündigen kann ich. Die Bude ist unbewohnbar. Die ganze Geschichte kann bis Weihnachten dauern oder länger. Ich will auch mit den Beiden nichts mehr zu tun haben. Ich meine den vorigen Vermieter und seine Neue. Den Schlüssel habe ich ja bereits abgegeben. Ich könnte zunächst auch alles so lassen, wie es ist. Miete zahle ich natürlich nicht. Wir könnten im September einen kleinen Urlaub machen in Deutschland, fliegen von Alicante nach Köln, fahren dann nach Andernach, wo ich gewohnt habe. Siehst du, ich benutze schon die Vergangenheit. Der Mittelrhein ist schön. Eine deutsche Idylle. Wir könnten auch noch einmal in die Wohnung gehen. Was soll ich mitnehmen? Mir fällt nichts ein. Ein paar Bücher, die mir gefallen. Aber die kann ich auch neu bestellen. Und es gibt ein paar Fotografika. Sonst ist da nichts. Wir steigen so wieder in den Flieger, wie wir gekommen sind. Ich liebe das leichte Gepäck. In Cazorla habe ich alles, was ich brauche. Meine Tante war gut ausgerüstet. Die Landschaft hier mit den Olivenhainen gefällt mir besser. Und wenn der Winter kommt, ist es hier schöner. Die Sonne scheint. Ich spare mir die Depression unter grauem Himmel. Und schließlich: Was kann der Mensch letztlich mitnehmen? Sind wir nicht wie Kirschblüten, die nach einer gewissen Zeit vom Baum fallen?"

Sie hatte mir erstaunt zugehört. „Qué pensamientos tienes?" – Was hast du für Gedanken!? Könnte man auch übersetzen mit „Wie bist du denn drauf!?" Aber stimmte es nicht? Die Zeit vergeht, läuft auf den Tod zu. Dann kannst du zehn Millionen auf dem Konto haben und zwanzig Häuser besitzen. Hilft nicht. Feierabend. Sein, gewesen sein.

Ich beendete meinen philosophischen Ausflug, sagte: „Antonio hat uns für Morgen eingeladen. Du kommst mit?"

„Natürlich. Was denkst du!? Ich will mir keine Nacht mehr entgehen lassen."

21

Am nächsten Tag, am frühen Nachmittag, fuhren wir nach Cazorla. Als wir das weiße Tor passierten, wollte Antonio gerade in seinen Wagen steigen. Joselina und der Kleine waren auch dabei. „Wir müssen für die Paella noch ein paar Sachen besorgen", sagte er. Kurz danach war die Familie weg. Es war ein heißer Tag. 35 Grad. Vielleicht noch mehr. „Wir könnten uns im Pool abkühlen", schlug ich vor. „Ich habe keine Badesachen dabei", sagte Victoria. „Macht nichts", wandte ich ein. „Es ist niemand da und wir kennen uns." Ein paar Minuten später zogen wir uns aus, ließen die unnützen Textilien auf dem Rasen liegen, sprangen in den Pool. Das Wasser war angenehm temperiert. Nicht zu kalt, nicht zu warm. Ich schätzte es auf etwa 30 Grad. Wir schwammen bis zu der Zone, wo man nicht mehr stehen konnte. „Du kannst ja sogar schwimmen", meinte Victoria scherzhaft. „Klar. Früher war ich sogar mal Rettungsschwimmer. Mitglied der DLRG, der deutschen Lebensrettungsgemeinschaft. Aber heute könnte ich keine Papiertüte mehr aus dem Wasser ziehen. Das ist vorbei."

„Und mich?" fragte sie. „Dich ja. Aber dazu müssten wir in das flachere Wasser.

Sie lachte. „Du bist unersättlich."

Wir schwammen zu dem flacheren Teil, wo man an der Leiter aussteigen konnte, blieben aber im Wasser. Victoria lehnte sich an die Stufen, sagte: „El Sátiro. Jetzt weiß ich, woher du das kennst."

Anschließend machten wir einen Rundgang durch Tienes Villa. „Siehst du", sagte ich. „Ist alles da. Habe ich jemals so eine luxuriöse Küche gehabt? Zwei riesige Kühlschränke, einer mit Glastür nur für Getränke, eingebaute Mikrowelle, zwei Spülbecken, Spülmaschine, eine Arbeitsfläche, an der zehn Chefköche stehen könnten. Und dann dieser Raum mit der Bibliothek von Onkel Abdul! Auch Bücher auf Deutsch sind dabei. Tante Tiene hat nicht nur Blätter wie ‚Glücks-Revue' gelesen, sie hat auch die Tipps befolgt, die ich ihr gegeben habe. Die Stereoanlage muss ein Vermögen gekostet haben. Der Fernseher hat Kinoformat. Und erst mal die Möbel. Antik, edel, schön, nostalgisch. Ich bin bei mir nicht über einen Ikea-Stil hinausgekommen, das heißt, mein ehemaliger Vermieter hat es so eingerichtet und ich habe nichts dran geändert. Und dann der Blick von der Terrasse auf dieses Panorama! Olivenhaine. Und zum Horizont hin der Cazorla-Nationalpark. Du verstehst jetzt sicher, dass ich von meiner Wohnung in Andernach nichts mehr wissen will. Aber was wäre das schönste Haus ohne dich? Eine Einöde! Du bist mein Luxus. Und die freundlichen, herzlichen Menschen in Quesada. Das bunte Leben dort. Geselligkeit. Hier in Cazorla wird es nicht anders sein."

„Bin ich nicht zu alt für dich?" fragte sie. „Ich habe schon die ersten Falten."

„Quatsch. Du bist erst 58 und man könnte dich für 40 halten. Du bist noch taufrisch." Ein Spruch des Cervantes fiel mir ein. „Schönheit ist die wärmste Empfehlung sich in ihre Inhaberin zu verlieben."

Wir hörten einen Wagen durch das Tor fahren. „Sie sind zurück", sagte ich.

„Joselina wird jetzt eine Paella zaubern und wetten, dass Antonio gleich mit einer Flasche Sekt erscheint. Er ist froh, dass alles so gut gegangen ist."

Tatsächlich war es so. Nur ein paar Minuten später läutete die Messingglocke neben der Haustür. Ich öffnete. Antonio stand da mit einer Flasche Sekt in der Hand und grinste. „Celebremos una bienvenida!" – Lasst uns ein Willkommen feiern!

22

So verbrachte ich die erste Nacht nicht alleine in meinem neuen Zuhause. Nach einem ausgiebigen Frühstück – wir hatten vor der Fahrt nach Cazorla eingekauft – brauste Victoria auf Tienes Roller davon. Ich sah ihr nach. Am Eingangstor hob sie winkend die Hand. Ich hatte ihr versprechen müssen, am Abend nach Quesada zu kommen. Irgendwann, jetzt war es noch zu früh, würde ich ihr vorschlagen, zu mir zu ziehen nach Cazorla. Es war Platz genug da für ein Atelier. Heiraten könnte ich eigentlich auch. Obgleich Cervantes einmal gesagt hatte: „Die Ehe ist wie ein Pilz. Ober er gut war oder giftig, weiß man erst hinterher." Aber es ging auch so mit zwei Wohnungen. Die Entfernung, das waren ja nur 18 Kilometer.

Am Vormittag saß ich auf der Terrasse unter dem Sonnenschirm, hatte ein ‚Cruzcampo' vor mir und mir aus der Bibliothek ein Buch geholt. Eins von denen, die ich Tiene empfohlen hatte. ‚Wir sahen uns im August'. Gute Bücher kann man zweimal lesen. Der Titel schien mir für mein eigenes Erlebnis passend. Auch wenn ich Victoria im Juli getroffen hatte. Es war das letzte Werk dieses Kolumbianers, den man mit dem Nobelpreis gesegnet hatte. Der Roman stammte aus dem Nachlass des Autors, dessen geistige Kräfte und Erinnerungs-vermögen schon geschwunden waren. Aber die Kinder hatten es herausgegeben und trotzdem veröffentlicht. Und wieder war es mit Genuss zu lesen. Thema war eine schicksalhafte Liebe, eine Begegnung im August. Beim Lesen musste ich oft an Victoria denken, an das Glück, an die Gnade sich in einem fortgeschrittenen Alter noch einmal verlieben zu können. Rasch kommen in dem Roman Mann und

Frau überein, miteinander zu schlafen. In der Hotelbar sagt sie zu ihm:

„Gehen wir hinauf?"

„Ich wohne nicht hier."

„Ich aber. Nicht klopfen, nur die Tür aufdrücken."

Am Nachmittag fuhr ich mit Antonio in den Ort runter, um einiges kennen zu lernen. Das Ortszentrum mit seinen verwinkelten Gassen, die Eglesia de Santa María, die Plaza de Santa María, die Plaza de la Corredera mit ihren zahlreichen Bars und Restaurants, den ‚Balcon' des Zabaleta, wo der Maler aus Quesada oft verweilt hatte mit der Aussicht auf den Rio Cerezuelo und das Castillo de la Yedra. Antonio zeigte mir auch den Dia-Supermarkt, wo ich einkaufen konnte. Ein glücklicher Treffer war die Café-Bar ‚El Paso'. Hier saßen draußen an einem Tisch zwei ältere Spanier und spielten Schach. Antonio kannte sie, Enrique und Alonso, stellte mich ihnen vor. Ich durfte direkt mit meiner ersten Partie gegen Enrique beginnen und verlor. Er drängte mich mit geschickten Bauernzügen in eine Springergabel zwischen König und Dame. Meine Queen war futsch. „Solange das nicht im wirklichen Leben passiert", meinte ich, „ist alles gut." Im Spiel danach gegen Alonso erreichte ich immerhin ein Remis. Damit war ich herzlich eingeladen, täglich an den Partien teilzunehmen. Antonio saß dabei, hatte ein ‚Cruzcampo' vor sich und sah interessiert zu.

Zurückgekehrt in meine Villa meldete ich mich im Internet bei chess.com an, um zu trainieren. Man konnte gegen einen Computer spielen oder auch Spieler aus aller Welt einladen. Die Beiden im ‚El Paso' sollten sich wundern. Ich hatte lange nicht mehr gespielt. Zuletzt vor vielen Jahren gegen Onkel Abdul. Zunächst spielte ich am Computer gegen einen Bot, der sich David nannte und im Ranking 1400 Elopunkte hatte. Ich spielte mit Weiß die Eröffnung ‚Classico Italiano', verlor kläglich, war nach ein paar Minuten wegen seiner aggressiven und schlitz-ohrigen Bauernzüge matt. Aber das würde sich mit der Zeit ändern. Auf jeden Fall hatte ich, war ich nicht unterwegs oder in Quesada, ein paar schöne Beschäfti-gungen. Lesen und Schachspielen. Ich überlegte mir auch, ob ich nicht beginnen sollte, meine Erlebnisse aufzuschreiben.

Mit Beginn der Dämmerung fuhr ich nach Quesada. Victoria wollte mir ihre

Kochkünste vorführen. „Auch Kochen ist Kunst", hatte sie gesagt. „Nicht nur die Malerei."

Der Himmel über den Olivenhainen war wunderschön. Zuerst zeigte sich ein samtenes Blau, das überging in gelbrote Töne und schließlich zu brennendem Gold wurde. Hinter den Bergen stieg schon die Sichel des Mondes empor.

23

So gewöhnte ich mir im Laufe der Zeit einen Lebensstil an, den der normale Bürger verschmäht. Nach dem Frühstück las ich bei einem Glas Gin eins der Bücher aus Abduls Bibliothek, spielte Schach gegen den Computer oder unten im ‚El Paso' mit Enrique oder Alonso, stellte mich langsam auf die Beiden ein, gewann manchmal gegen Enrique und öfter gegen Alonso. Danach hielt ich Siesta, um am Nachmittag weiterzulesen, womit ich auch mein Spanisch verbesserte. Kurz vor der Dämmerung fuhr ich nach Quesada, wurde bewirtet – sie konnte tatsächlich excellent kochen -, dann saßen wir im Patio, tranken Wein, rauchten Gras, hörten

Musik, bevorzugt Reggae, und vögelten danach. Manchmal kam sie auch auf ihrem Moped, wie ich es nannte, zu mir, und dann war es das gleiche Spiel. Sie kochte, weil ich behauptet hatte, nur Dosen aufmachen zu können. Wir saßen nach einem köstlichen Mahl auf der Terrasse, hatten immer ein Thema zum Quatschen, tranken Wein, rauchten auch bei mir Gras – Antonio würde es im Flachbau schon riechen können – und... Na ja, Sie wissen schon. Manchmal stieg Victoria nachts auch, wenn alle schon schliefen, mit ihrem Satyr in den Pool. Was Fische können, konnte ich auch.

An einem der Tage bat ich Antonio, mir die Grabstätte von Tante Tiene zu zeigen. Antonio hatte damals die Einäscherung und Bestattung der Urne organisiert. „Sie hat ihren Tod vorausgeahnt und mir zuvor das Geld gegeben", sagte er. „Außer mir und Joselina waren ein paar Freundinnen aus dem Ort anwesend und der Pfarrer. Christine war katholisch und besuchte sonntags regelmäßig die Messe. Und stell dir vor, auch der Bürgermeister war gekommen. Warum, weiß ich nicht. Sie war gar nicht prominent, eher auf ihre alten Tage bescheiden und zurückhaltend.

Na ja, ich weiß nicht, warum der Bürgermeister gekommen ist."

Das mit dem Messebesuch überraschte mich. Von diesem Zug meiner Tante hatte ich nichts gewusst. Ich hatte sie für eine Atheistin gehalten, was sie in ihren jüngeren Jahren auch war. Aber dann im Alter musste sie in den Schoß der Kirche zurückgefunden haben. Wie das so oft im Alter, wenn der Tod näher rückt, geschieht.

Das Cemeterio lag am Rande von Cazorla, am Ende der Calle del Fresno. Der Friedhof war von Zypressen umsäumt. Die Gräber und Stellen mit den Urnen waren meist mit weißen oder auch schwarzen schmiedeeisernen Kreuzen gekennzeichnet. Auf den Kreuzen, an einem Schild, standen die Lebenszeiten, Geburt und Tod, und die Namen. Antonio bog hinter dem Eingang nach links, nahm dann den dritten Pfad nach rechts und kurz darauf standen wir vor einem weißen Kreuz. ‚Christine Haddad-Haller, 1936-2024' stand auf einem Messingschild. Eine Vase mit einer Plastikorchidee stand vor dem Kreuz. Daneben brannte ein solares Friedenslicht. Ich stand schweigend und nachdenklich davor. Hier also war jetzt die

Asche der Frau, der ich eins meiner schönsten Erlebnisse verdankte. Dann aber lächelte ich, weil ich mich an ihre Worte erinnerte: „…und dann mach dich vom Acker!"

„Sie war eine gute, gütige Frau", sagte Antonio.

„Ich komme wieder", sagte ich im Stillen. „Du bekommst immer eine frische Blume und eine natürlich brennende Kerze." Ich sprach ein Gebet, bewegte nur die Lippen. „Gegrüßet seist du, Maria." Dann gingen Antonio und ich schweigend zurück zu seinem Wagen.

24

Der Erbschaftsprozess war nach fünf Wochen beendet, was wohl der Geschicklichkeit und dem Arbeitseifer Miguel Navarros zu verdanken war. Auch die 40 000 Euro auf Tante Tienes Konto standen mir zur Verfügung. So viel Geld hatte ich noch nie gehabt, war am Ende des Monats immer kurz vor der Null oder etwas darunter. Meine Wohnung hatte ich per Einschreiben fristlos gekündigt. Bei einem Telefonat mit der Hausverwaltung hatte ich erfahren, dass sich da immer noch nichts getan hätte. Was nur heißen konnte: Chaos nach wie vor. Einen mit mir befreundeten Türken hatte ich gegen großzügige Bezahlung beauftragt, meine persönlichen Sachen zu entsorgen oder, was ihm wertvoll schien, zu behalten oder auf dem Flohmarkt anzubieten. Die Gitarre zum Beispiel, die zu spielen ich nie gelernt hatte. Die Möbel konnten stehen bleiben. Im Prinzip war nur auszuräumen, was in den Schubladen und Schränken war und in den Regalen stand. Auch ein paar Bilder waren abzuhängen. Den Schlüssel sollte er sich bei der Nachbarin abholen. Ein wenig leid tat es mir um meine Fotografika, die ich gesammelt hatte. Da gab es eine alte, hölzerne Reisekamera von 1890 und eine Laterna Magica ebenfalls aus dem 19. Jahrhundert. Dazu gehörte ein Kästchen mit bunt bemalten Glasbildern, die vor die Linse der Laterna geschoben wurden und Motive von den Abenteuern der Welt zeigten. Fischende Eskimos, eine Fahrt auf einem Amazonasdampfer, tanzende Indianer, einen Jaguar und eine riesige Anaconda und vieles mehr. Im Innern der Magica, die auch einen Kamin für den Rauchabzug hatte, brannte eine Kerze und warf im Dunkeln geheimnisvolle Bilder an die weiße Zimmerwand. Im Bestand war auch, neben allen möglichen Foto-apparaten aus den verschiedenen Zeiten, ein Vorführgerät für Kurzfilme. Es hatte eine elektrische Beleuchtung. Die Spule für die Filme musste man mit einer Kurbel drehen und für die dreiminütigen Streifen die richtige Geschwindigkeit finden. Drei Filme hatte ich. ‚Rapunzel', das Märchen von der schönen Frau, die in einen Turm eingesperrt ist und ihr Haar herunterlässt, damit der rettende Prinz daran hochklettern kann. Dann gab es noch den ‚Zappelphilipp' und ‚Stierkampf in Toledo'.

Ich wollte alles loswerden, mit meiner deutschen Vergangenheit nichts mehr zu tun haben. Auch mit meinem alten Vermieter, dem ich damals eine Kaution bezahlt hatte, wollte ich keinen Kontakt mehr. Auch nicht mit der Neuen, die den Vertrag wie beim Sklavenhandel übernommen hatte. Die GEZ zeigte sich als Zecke, verlangte die Abmeldung in Deutschland und den Nachweis der Anmeldung in Spanien. Ansonsten hätte ich die Fernsehgebühren weiter zu bezahlen. So leicht ließen sie einen nicht aus ihren Klauen. Tante Tiene konnte auf ihrem Gerät zwar auch deutsche Sender empfangen, aber ich saß selten vor dem Fernseher, schaute mir vor allem nicht die Nachrichten an, die einen nur herunterzogen. Die Welt mit ihren Kriegen und Dummheiten war aus den Fugen. Allein auf ‚Arte' gab es sehenswerte Filme.

So war es September geworden und alles begann in einer gleichmäßigen Routine zu laufen.

25

Ein Paradies ist ein Paradies, ist kein Paradies. Ich konnte mir nicht sagen: Genieße einfach den Tag, das alte lateinische ‚Carpe diem!'. Mein Hedonismus konnte die Frage nach dem Sinn nicht beseitigen. Weit mehr als die Hälfte meines Lebens war abgelaufen, der Bauch der Sanduhr reichlich gefüllt. Der älteste Mensch der Welt würde ich bestimmt nicht werden. Die eschatologischen Fragen, die Fragen nach dem ‚Woher?' und ‚Wohin?' des Menschen konnte ich nicht lösen, sie bedrängten mich aber. Das war und blieb ein

Mysterium. Im Gegensatz zu einem Rätsel war ein Mysterium nicht lösbar. Das konnte niemand. Und deshalb lautete für Viele die Lösung: Genieße einfach den Tag, dann den nächsten und den übernächsten, bis irgendwann der Tod kommt. Der kommt gewiss, aber nimm vorher mit, was du mitnehmen kannst. Was hatte es für einen Sinn, etwas mitzunehmen, was dann später sowieso verloren ging, wenn das Leben erlosch? Stimmte die Schlusssentenz aus Max Frischs Roman ‚Homo Faber'? „Sein, gewesen sein." Oder stimmte Tante Tienes Aussage: „Ich bin jetzt auf einem anderen Stern." Gab es etwas nach dem Tod? War das Erdenleben vielleicht eine Bewährungsprobe. Ich wusste es nicht, konnte es nicht wissen. Ein Mysterium eben, ein nicht hebbarer Vorhang vor einer unbekannten Bühne. An Geld, Macht, Ruhm, Erfolg war ich nicht interessiert. Aber eben an dieser theologischen oder philosophischen Frage: Was ist der Sinn des Lebens? Gibt es ihn überhaupt? Dieses Nachdenken trübte mir etwas den Genuss meines Paradieses. Allein die Liebe zu Veronica war noch nicht durch Gewohnheit verarmt. Wir sahen uns fast jeden Tag, jede Nacht. Indes war der Beischlaf nicht mehr ganz so Atem beraubend wie beim ersten, zweiten und dritten Mal. Ich ertappte mich dabei, es konnte selbst beim Schachspiel vor dem ‚El Paso‘ passieren, dass ich jungen Spanierinnen nachsah, die mit flotten Röcken und wiegenden Hüften an dem Café vorbeigingen, und dachte: „Ach, mit der würde ich gerne auch einmal!" Das Auge war jung geblieben. Zugleich wurde man aber auch melancholisch, weil die Zeit vorbei war.

Aber wie näherte man sich dem Sinn des Lebens? Ich hörte auf, Romane zu lesen, bestellte mir bei ‚Amazon‘ theologische und philosophische Bücher. ‚Trost der Philosophie‘ etwa. Oder die Gedichte des ehemaligen Papstes Karol Wojtyla ‚Der Gedanke ist eine endlose Weite‘. Und: ‚Was aber ist Glück? – Fragen an den Dalai Lama‘. Ein Sachbuch des Monats. Mit dem Klappentext: „Ich glaube, der Sinn des Lebens besteht darin, glücklich zu sein." Schön und gut. Aber wie macht man das? Die Tipps in dem Buch waren nicht schlecht. Geduld üben, Wut und Hass überwinden, Liebe und Mitgefühl entwickeln, Anhaftung auflösen.

Ob sich dann das Glück, der glückliche Zustand, von alleine einstellt? Wie bei dem tibetischen Meister Langri Thangpa, dem vor lauter Glück immer die Tränen kamen. Aber konnte ich die Anhaftungen aufgeben? Das Rauchen, das Trinken? Das Vögeln mit Victoria würde ich bestimmt nicht seinlassen. Also brachte mich auch das Lesen dieses Buches einer Lösung der Sinnfrage nicht näher. Wie das Lesen überhaupt.

26

Routine ist schön und ist nicht schön. Sie ebnet die Zeit ein, macht sie zu einem grauen, flachen Kontinuum. Woran erinnert man sich zum Beispiel, wenn man an das Arbeitsleben zurückdenkt? Fast an nichts mehr. Bei mir jedenfalls ist das so. Täglich hatte ich in den Chromatographen Luft- und Wasserproben injiziert. An diese Tätigkeit erinnerte ich mich. Aber an die einzelnen Tage, Wochen, Monate, Jahre nicht mehr. Das war weg wie bei einer heftigen Demenz. Zurückgeblieben war nur ein einziges, außergewöhnliches Ereignis. Als ich fünfzig war, musste ich eine auszubildende Laborantin unter meine Fittiche nehmen. Sandra, ein heißes Gothic-Girl. Sie kam immer in Schwarz und trug schwarze Springerstiefel. Die Haare hatte sie knallrot gefärbt. Sie war gerade mal zwanzig. An einem der Tage kam sie in einem kurzen Lederrock mit grobmaschigen Leggins darunter, die eher wie Strapse wirkten. Sie hatte eine wunderbare, herausfordernde Figur und sie hatte es auch an diesem Tag darauf angelegt, erregte mich mit einer provokanten Pose. Sie nestelte in aller gespielten Unschuld mit ihrer linken Hand an ihren Strapsen herum, wobei der Rock hochrutschte und ich den roten Slip sehen konnt, während sie mit der rechten ein Reagenzglas schwenkte. Ich ließ mir die Gelegenheit nicht nehmen, hängte draußen an die Labortür ein Schild ‚Bitte nicht stören. Sensible Untersuchung'. Als ich das Schild aufgehängt hatte, saß Sandra schon auf dem Labortisch und sah mir mit ihren großen, dunklen Augen entgegen. Ich schob den Rock hoch, zog die Springerschuhe aus, streifte die Leggins ab, zerrte den Slip runter und entdeckte auf ihrem Venushügel dieses Tattoo. Eine Schlange. Unwillkürlich musste ich an das

Motiv der ‚Vagina Dentata‘ denken, die mit Zähnen bewaffnet war und einem den Schwanz abbeißen konnte. Sigmund Freud hatte dieses Motiv populär gemacht als Sinnbild für Kastrationsangst. Aber eigentlich war es schon erheblich älter, diente als Warnung vor dem Weib. So hatte ich auf einem Foto schon einmal ein Fresko in der Kathedrale von Santiago de Compostela gesehen, das ähnlich war. Eine Frau mit einem grimmigen Löwenkopf zwischen den Beinen. Auch literarisch hatte sich das Motiv verbreitet. Zum Beispiel in dem verfilmten Roman ‚Wer zuletzt beißt, beißt am besten‘. Da verliebt sich ein junger Mann in eine überzeugte Jungfrau, macht mit ihr einen Ausflug an einen See. Aber sie ist im Besitz einer Vagina Dentata und beißt ihm sein bestes Stück ab, als er in sie eindringt.

Nun, ich ließ mich durch die Gedanken daran nicht hindern, Sandra rasch zu vögeln. Es hätte ja trotz des Schildes jemand kommen können. Es blieb bei diesem einmaligen Ereignis. Denn wie sich drei Tage später herausstellte, hatte ich mir einen gewaschenen Tripper eingefangen und musste Antibiotika schlucken. Sandra ist auch nicht lange im Labor geblieben.

Nur einen Monat später sagte sie zu mir: „Ich hau' ab nach Indien in einen Ashram. Ich will endlich zur Erleuchtung kommen."

Ihre Nachfolgerin war langweilig, trank in der Mittagspause Kamillentee, den sie sich aus einer Thermoskanne in die mitgebrachte Tasse goss und packte Butterbrote aus. Rauchte ich eine Zigarette in der sowieso schon verdorbenen Laborluft, beschwerte sie sich. Mit ihr habe ich nie etwas angefangen. Ich hätte mir auch bei dem leisesten Versuch einen Korb geholt.

Ja, ja, so ist das mit der Zeit. Man erinnert sich an das Außergewöhnliche. Gleichmaß und Routine versinken im Orkus. Lebhaft in Erinnerung ist mir auch die Geschichte ‚Der Mönch von Heisterbach'. Der geht spazieren, denkt wie Augustinus über das Phänomen der Zeit nach, schläft unter einem Baum ein. Als er wieder zum Kloster zurückkehrt, hat sich alles verändert. Niemand kennt ihn. Man schlägt in der Klosterchronik nach und da steht, dass vor vielen Jahren ein Bruder bei einem Spaziergang verschwunden ist. Vor Gott sind hundert Jahre wie ein Tag, lautet das Resümee.

27

Ich bat Gott um die Gnade eines Zeichens, dass es eine jenseitige Welt gäbe und nicht nur Vergänglichkeit und einen blöden Urknall, bei dem man sich die Frage stellen musste: „Was war davor?"

Veronica hatte mit dem Thema Sinn und Vergänglichkeit nichts am Hut. Als ich sie einmal darauf ansprach, meinte sie nur: „Es ist eben so. Genieße den Tag! Er kommt nicht mehr zurück. Und sei dankbar, wenn bei bester Gesundheit ein weiterer folgt. Meine Azulejos an den Fassaden von Quesada werden mich überleben. Die bleiben."

Ich widersprach: „Auch ein Haus steht nicht ewig. Irgendwann ist es weg. Und mit ihm auch der Name der Künstlerin."

Sie zuckte nur mit der Schulter. „Dann ist es eben weg. Ich kann es nicht ändern. Mach dir nicht so unnütze Gedanken, Henry! Die Welt ist so."

Damit war für sie das Thema erledigt. Ich aber hatte ab und zu grüblerische Momente und beschäftigte mich auch mit dem Thema der Theodizee, der Rechtfertigung Gottes. Wie kann Gott Kriege zulassen, bei denen unschuldige

Kinder sterben? Aber auch das war ein Mysterium, dessen Vorhang nicht zu heben war. Ich bewunderte, beneidete die sogenannten Heiligen, die unverrückbar im Glauben standen. Den Augustinus zum Beispiel, der am Meer spazieren geht und sich den Kopf über das Phänomen der Zeit zerbricht. Bis er auf einen Knaben stößt, der mit einem Fingerhut Wasser schöpft. „Was machst du da?" fragt Augustinus. „Ich will das Meer leerschöpfen", antwortet der Knabe. Augustinus versteht.

Oder ich dachte an den Franziskus, der kein Interesse daran hat, in den Textilienhandel seines Vaters einzusteigen und reich zu werden. Er wirft ihm den Bettel vor die Füße, lobt lieber Gott und spricht mit den Tieren. Ich kam einer Lösung nicht näher. Der Zweifel blieb, und schließlich gab ich mich unter die Einrichtung der Welt gefangen, beschloss aber, mich wenigstens an die zehn Gebote zu halten. Das vierte Gebot, „Du sollst Vater und Mutter ehren!" ergänzte ich allerdings um „und deine Tante". Ich besuchte oft ihr Urnengrab und stellte eine frisch geschnittene Hibiskusblüte in die Vase vor dem Kreuz. Das Solarlicht wechselte ich aus gegen eine Laterne mit einer natürlich brennenden Kerze aus Wachs.

Ging ich im Dia-Markt einkaufen, so warf ich dem Bettler, der mit seinem Hund vor dem Eingang saß, jedes Mal eine Zwei-Euro-Münze in den Becher. Ob das eine gute Tat war, weiß ich nicht. Er blieb dort Tag für Tag sitzen und wartete auf mich. Ich akzeptierte Victorias Einstellung: „Genieße den Tag! Mehr kannst du nicht tun." Einmal jedoch unternahm ich einen esoterischen Versuch und besuchte die Cueva del Agua, die Grotte der Jungfrau von Tiscar, der Schutzpatronin Quesadas. Dort war vor einigen hundert Jahren dem König von Tiscar Maria erschienen. Vielleicht hätte ja auch ich dort eine Erscheinung. So wie es Bernadette in Lourdes und den Hirtenkindern in Fatima geschehen war. In der Grotte sah ich allerdings nur ein paar tanzende Schmetterlinge.

Ich beschloss, mich mit meinem Schicksal zufrieden zu geben und Victoria und die Sonne Spaniens zu genießen und in Ruhe zu vertrotteln.

28

Aber ein bisschen wollte ich doch tun. Ich stand morgens mit der Sonne auf, bereitete mir eine Tasse Kaffee, rauchte die erste Zigarette des Tages, bearbeitete die Tasten meines Laptops, schrieb dieses seltsame Erlebnis der Koinzidenz auf, dass also zwei schicksalhafte Ereignisse an ein und demselben Tag stattfinden können. Ein schönes und ein weniger schönes. Dass also an diesem Tag ich aus meiner Wohnung vertrieben wurde und zugleich der Brief des Notars aus Albacete in meinem Kasten landete und mich dann eine verrückte Navi-App nach Quesada lenkte. Was das Verführungserlebnis mit meiner Tante betraf, zögerte ich eine Weile, es aufzuschreiben. Aber hatte nicht auch der große Gabo so etwas zu Papier gebracht? Und noch viele andere. Wir leben ja nicht in einem prüden, viktorianischen Zeitalter. So dick auftragen wie Klaus Kinski in seiner Biografie ‚Ich bin so wild nach deinem Erdbeermund' wollte ich allerdings nicht. Ebenso war die Detailtreue eines Michel Houellebecq zu vermeiden. Aber die erfrischenden Worte meiner Tante sollten nicht verloren gehen.

Die Leser und Leserinnen mögen mir das verzeihen und mögen bedenken, dass sogar der als Klassiker bezeichnete Goethe in seinen Venezianischen Diagrammen geschrieben hat: „Ich leckte Bettinen freudig das Fötzchen." Goethe? Aber ja doch. Man kann nachprüfen, was man uns in der Schule verschwiegen hat. So bereicherte ich mein bescheidenes Werk also auch um ein paar Erotica. Mir hat das Spaß gemacht und ich beschloss, lieber doch nicht zu vertrotteln.

Mein Versuch, in der Cueva del Agua eine Marienerscheinung zu beobachten, war naiv, kindisch. Die Himmlischen lassen sich nicht herausfordern. Ich machte es anders. So leicht wollte ich mich nicht geschlagen geben. Ich fragte Victoria:

„Was kostet so ein Mosaik an einer Hausfassade?"

„Na ja, kommt auf die Größe der Kacheln an und die Anzahl."

„Gut. Sagen wir zwölf Kacheln, jede 20 x 20 Zentimeter."

„Pro Kachel etwa 100 Euro. Es kommt auch auf die Kompliziertheit, die Komplexität des Motivs an. Ob ich mit einer Schablone arbeiten kann wie bei den

Ornamenten oder frei aus der Hand male. Warum fragst du?"

„Ich habe einen Auftraggeber für dich."

„So? Wen denn?"

„Das darf ich nicht verraten. Aber er zahlt bestimmt 1200 Euro oder auch mehr."

„Und das Motiv?"

„Die Jungfrau von Tiscar. Die Statue, die immer am ersten Sonntag im September durch Quesada getragen wird. Es gibt Fotos im Internet."

„Schönes Motiv. Aber wer ist der Auftraggeber?"

„Ich darf es nicht verraten. Ich bin der Agent."

Sie machte die Arbeit, und sie wunderte sich, als sie wieder mal auf Tienes Roller zu mir kam, dass das Mosaik an meiner Hauswand war. Ich aber hatte meine Marienerscheinung.

www.ruediger-schneider.net